L'Immeuble
de la rue Cavendish
3

LUCIE
SE REBIFFE

Caroline Kant

L'Immeuble
de la rue Cavendish
3

LUCIE
SE REBIFFE

LES ESCALES
Séries

Les personnages et les situations de ce récit sont purement fictifs. Toute ressemblance avec des personnes ou des situations existantes ou ayant existé serait entièrement fortuite et indépendante de la volonté de l'auteur.

92, avenue de France
75013 Paris – France
Courriel : contact@lesescales.fr

ISBN : 978-2-36569-733-0
Dépôt légal : septembre 2022
Imprimé en France

Couverture : Raphaëlle Faguer
Mise en pages : Nord Compo

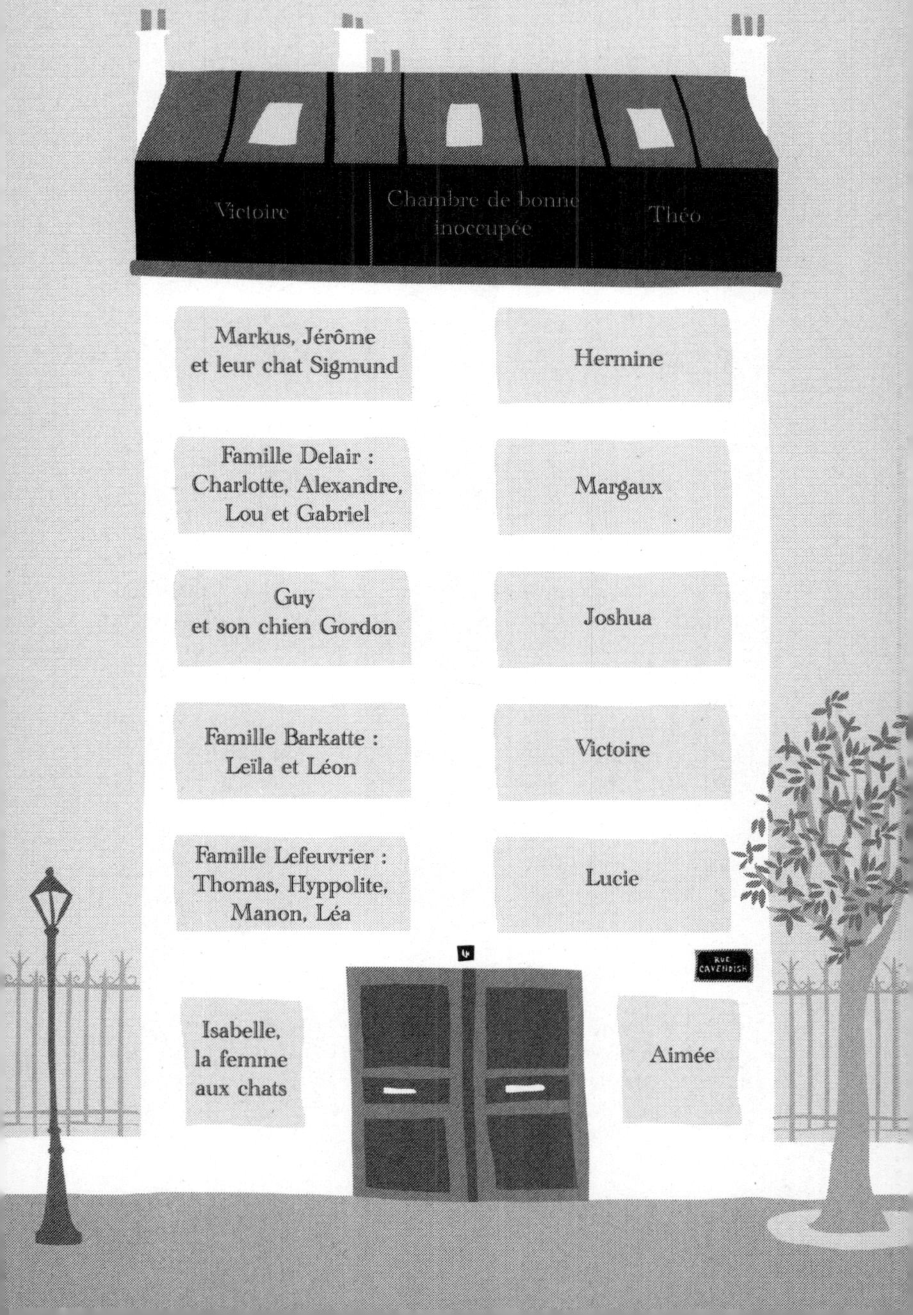
Victoire
Chambre de bonne inoccupée
Théo
Markus, Jérôme et leur chat Sigmund
Hermine
Famille Delair : Charlotte, Alexandre, Lou et Gabriel
Margaux
Guy et son chien Gordon
Joshua
Famille Barkatte : Leïla et Léon
Victoire
Famille Lefeuvrier : Thomas, Hyppolite, Manon, Léa
Lucie
RUE CAVENDISH
Isabelle, la femme aux chats
Aimée

Février

1

— Madame Leblanc, c'est une blague ? On va jamais faire rentrer tout ça dans l'appartement !

Le déménageur, qui vient de découvrir l'étroitesse de mon nouveau logement, est rouge de colère. Ce qu'il ne sait pas, c'est que je suis dix fois plus énervée que lui de me retrouver ici.

— Je vous paye, non ? Alors débrouillez-vous, faites votre travail.

Je me pousse sur le palier exigu pour laisser passer ses deux acolytes qui portent ma grosse armoire.

— Dans la chambre de droite, s'il vous plaît, dis-je d'un ton péremptoire, celui que j'utilise pour les gens que j'emploie.

Enfin, que j'employais. Avec le peu d'argent qui me reste depuis la mort de mon cher Émile, et depuis que mes enfants m'ont tout pris, je ne suis pas près d'embaucher une nouvelle aide-ménagère.

— Faites attention, vous allez tout casser !

Les deux hommes m'ignorent et continuent de malmener mon pauvre meuble.

— S'il y a la moindre éraflure..., je commence à dire à leur chef, mais il m'interrompt, ce mufle.

— Il y aura rien si vous nous laissez bosser. Mais je vous repose la question : on fait comment, pour tout mettre là-dedans ? Avec la surface qu'il y a, pardon, mais plus de la moitié de ce que vous avez ne rentrera pas.

— Eh bien, entassez, c'est simple, non ? Je vous demande juste de...

— Faire notre travail, je sais. Les gars, dit-il en se tournant vers les deux hommes qui n'ont pas l'air d'avoir inventé le fil à couper le beurre, vous avez entendu ce qu'a dit Madame ? Vous empilez.

L'un des deux émet un grognement. Il rit, je crois qu'il se moque de moi.

La porte d'en face s'ouvre et deux enfants sortent, une adolescente sinistre et maigrichonne et un garçon malpoli qui me dévisage.

— Il va arrêter de me fixer comme ça, ce petit ? dis-je en m'adressant à l'ado.

Elle hausse les épaules et tire son frère par la main. Le gamin descend les marches en se dévissant le cou pour m'observer. Quel sale morveux !

Une heure plus tard, l'appartement est bourré à craquer. Et pour cause ! Jusqu'à la mort de mon cher Émile, nous vivions dans un bel appartement de cinq pièces dans le quartier des Batignolles, tout près de mes vieilles copines, Évelyne et Martha. Et me voilà veuve et sans-le-sou, dans un minuscule trois pièces sombre, au premier étage, dans un quartier minable. Tout ça à cause d'Émile et de notre abominable progéniture ! Ils m'ont bien eue, mes enfants ! « Tu ne vas pas rester toute seule dans ce grand appartement », a insisté Mélanie. « En plus, chaque recoin te rappellera papa, a surenchéri Philippe. Et puis tu te trouveras un joli deux pièces, ou même un trois pièces, ce sera un nouveau départ. »

Ils m'ont répété ça jour après jour et ont fini par m'avoir à l'usure. J'ai accepté de vendre, sans savoir que l'appartement était le seul bien qui nous restait, à Émile et à moi. Ni que tout l'argent de la vente serait reversé dans la succession – donc partagé entre moi et mes enfants. Ce que j'ai obtenu ? Trente pour cent de la somme. C'est légal, m'a expliqué mon notaire, dépité, quand je me suis décidée bien trop tard à aller le voir pour qu'il me sorte de ce cauchemar.

Alors le charmant cinq pièces dans le 17e arrondissement s'est transformé en un sinistre logement dans le 19e. Je ne l'ai pas choisi, bien sûr, c'est Philippe qui l'a trouvé. Des amis d'amis, une affaire, m'a-t-il affirmé. Si ça se trouve, il en a profité pour prendre une commission au passage. Qu'est-ce que j'en sais ? Il ne pense qu'à l'argent, comme sa sœur.

Comment j'ai fait pour avoir des enfants pareils ? Petits, ils étaient mignons, dociles, tendres, parfois.

Adolescents, c'est devenu plus compliqué. Ils faisaient la tête à longueur de journée, me traitaient comme leur bonniche, me regardaient comme si j'étais demeurée. Devenus adultes, ils m'ont carrément méprisée. Et puis ce côté vénal... Le fric, toujours le fric ! Mélanie s'est lancée dans la finance, il paraît qu'elle est très calée. Ça ne m'étonne pas. Philippe a fait des études de commerce, il est cadre supérieur, il travaille à brasser du vide en se remplissant les poches. Enfin, c'est comme ça que je le vois.

Et aujourd'hui, Émile est mort, il ne me laisse pas un sou d'économies, juste une maigre retraite, parce qu'il n'avait rien prévu, rien organisé. Il gagnait pourtant très bien sa vie : il était dentiste, avec un beau cabinet de quartier qui ne désemplissait pas. Alors on en a profité, lui et moi, on vivait sans compter, sans se soucier du lendemain. Pas de chance, le lendemain est arrivé mais je suis toute seule désormais pour m'en dépêtrer.

Je l'aime quand même, mon Émile. Contrairement à mes enfants, deux sales égoïstes qui m'abandonnent en me laissant sur la paille.

La porte d'en face s'ouvre à nouveau, et un homme en costume assez séduisant sort. Le père du sale gosse, je présume. Lui aussi me scrute sans aucune gêne. Un truc de famille. Son regard passe ensuite en revue les cartons qui s'amoncellent sur le palier. Je le devance avant qu'il me fasse la moindre remarque.

— Monsieur, dites à vos enfants que c'est très malpoli de dévisager les grandes personnes.

— Ah d'accord... Ben ça va être sympa, je sens.

Même haussement d'épaules que sa fille, il prend l'escalier puis se retourne.

— Bienvenue quand même, grommelle-t-il.

— Madame Leblanc, on fait quoi, maintenant ? me demande mon chef déménageur.

— Qu'est-ce qu'il y a, encore ?

— Il reste tout ça, fait-il en balayant du bras le petit palier miteux où s'entassent mon sofa en velours bordeaux et une tonne de cartons. On ne peut plus rien caser chez vous, là.

— Si vous voulez votre pourboire, vous n'avez qu'à être inventif !

— Vous savez ce que j'en fais, de votre pourboire ? Venez, les gars, on se barre.

Et mes trois lascars s'en vont sans même me saluer. Remarquez, comme ça, je garde la petite enveloppe que je leur avais généreusement préparée. C'est toujours ça d'économisé.

Dans l'appartement, tout est sens dessus dessous. Je dois me faufiler entre le mobilier et les cartons, les enjamber pour atteindre la chambre. Là, au moins, j'y retrouve mon lit, ainsi que mon armoire et ma commode. Les cartons contenant mes vêtements, la table à repasser et mon fer sont là. J'y ai veillé. Si ma vie ne ressemble plus à rien, je tiens en tout cas à garder mon standing. Il m'est impossible d'entrer dans la seconde chambre, qui servira de débarras. Les déménageurs l'ont entièrement remplie.

Je prends une grande inspiration et, pendant le reste de la matinée, je pousse, tire, porte à m'en briser le dos. Mais même après avoir rangé tout ce qui pouvait l'être, le salon et ma chambre demeurent atrocement encombrés, au point que j'ai du mal à mettre un pied devant l'autre. Partout, des cartons restent fermés, faute de place. Et, oh désastre ! il en reste encore plein d'autres sur le palier, sans compter mon sofa. Celui-là, pour l'instant, il restera là où il est.

Dans la petite valise que j'ai gardée avec moi se trouvent mon nécessaire de toilette et, surtout, le cadre avec la photo d'Émile. Je le pose sur la cheminée du salon, qui est hors d'usage, à l'image des lieux. Tout est vieux et délabré, ici. Cheminées, parquet et moulures, m'avait vanté mon fils, et même un balcon ! C'est son métier, de vendre de la camelote en vous persuadant qu'il vous offre la lune. Tous ces bobards pour se débarrasser plus vite de moi.

Je n'avais jamais visité cet endroit avant la semaine dernière, quand Mélanie a pris de son temps précieux à brasser des millions pour m'emmener voir mon nouveau « foyer ». Le parquet est plein de petits trous, mais d'après ma fille, ce n'est dû qu'à un petit parasite qui s'élimine très bien. Un parasite ! Les murs sont recouverts d'un papier peint d'un beige proche du marron absolument hideux et datant probablement d'avant la guerre (au moins la première !). La salle de bains vétuste aux joints moisis sent l'humidité. Le petit chauffage électrique fixé au-dessus de la porte doit consommer un maximum et ne rien chauffer du tout. Le carrelage est bleu marine, la baignoire répugnante, tout comme le lavabo ébréché et l'armoire à pharmacie en plastique qui le surplombe. Contrairement à la salle de bains très sombre, la cuisine vous agresse tout de suite les yeux. Et pour cause, elle est peinte en orange. En orange ! Avec de vieux meubles marron ! Mais qui vivait ici avant moi ? Sur le minuscule balcon restent quelques pots fêlés dans lesquels des plantes tristes et sans vie se dessèchent. Si je n'avais pas connu le veuvage il y a peu, je penserais vivre le pire moment de ma vie.

Je n'ai bien sûr aucuns moyens pour financer des travaux, alors il ne me reste plus qu'à m'habituer. Comme si c'était possible ! Dans le salon, j'enlève les cartons que les déménageurs ont laissés sur mon fauteuil et m'assois, désespérée.

— Émile, dis-je à la photo de mon mari qui me regarde depuis la cheminée, tu vois ce que tu as fait ? Dans quelle situation tu m'as mise ?

On sonne à la porte. Je me redresse, mon pouls s'accélère. Je ne connais personne, ici, aucune de mes connaissances ne sait que je vis à présent dans ce taudis, et je tiens à ce que personne ne le sache. Jamais.

Une femme se tient sur le seuil. Assez petite, plantureuse, coiffée d'une multitude de petites nattes très longues. Alors que je la détaille de haut en bas, elle me regarde droit dans les yeux, un sourire jusqu'aux oreilles, comme si elle était heureuse de me voir. Mais croyez-moi, je ne la connais pas, cette dame !

— Enchantée, madame Leblanc, je suis Aimée, la nouvelle gardienne.

— Oui. Bon... Très bien, je bafouille.

— Je suis arrivée le mois dernier, je remplace Mme Ménard qui a dû partir à la retraite. Je voulais vous dire : si vous avez besoin de quoi que ce soit, je suis là !

Encore ce sourire de ravie de la crèche.

— Je vous arrête tout de suite, je ne suis pas une petite vieille fragile et perdue qui...

— Oh, mais ce n'est pas ce que je sous-entendais, je ne suis pas non plus directrice d'EHPAD. Si vous avez besoin de la gardienne, c'est moi !

Et elle éclate d'un rire tonitruant comme si elle venait de me faire la blague de l'année.

— Vous savez où me trouver ! poursuit-elle. Bien, je vous laisse. Bonne installation.

J'ai horreur des gens qui finissent tout par « Bonne ». Bonne journée, bonne dégustation... bonne crémation. Ah, d'ailleurs, où ai-je rangé l'urne d'Émile ? J'aurais dû la mettre dans la valise. Comment vais-je la retrouver, avec tout ce bazar ?

Je claque bruyamment la porte, ce que je regrette aussitôt, mais juste un peu : après tout, elle est très correcte pour une gardienne d'immeuble. Un peu familière, quand même.

2

11 heures. Je n'en peux déjà plus de cet appartement étouffant. Je pars avec une bonne demi-heure d'avance pour retrouver Martha et Évelyne dans notre QG, le Wepler, place de Clichy. Avant de devoir m'exiler dans ce coin malfamé, on vivait toutes dans le 17e arrondissement. Évelyne et moi, on y est nées et on ne l'a jamais quitté. Martha, elle, y a emménagé après avoir quitté l'Espagne à quatorze ans. C'est l'âge auquel on s'est connues, toutes les trois, et auquel on est devenues inséparables, malgré nos mariages, nos enfants… puis nos veuvages. Et jusqu'à ce que je sois chassée de chez moi. Mais elles ne sont pas au courant. Je leur fais croire que je vis près de chez ma fille, dans le 16e, parce qu'elle s'inquiétait trop pour moi depuis la mort d'Émile. Ironique, non ?

Le Wepler, c'est la brasserie où on se retrouve pour déjeuner ou pour un thé, quand on ne va pas chez les unes ou chez les autres. Maintenant, je ne pourrai plus jamais inviter mes amies, ou j'en mourrais de honte.

Comme pour effacer toute trace de ma déchéance, je soigne particulièrement mon apparence : chemisier en soie à lavallière, jupe droite soulignant ma silhouette que j'ai su garder mince, manteau d'astrakan. Dans mon sac à main Hermès, vestige de mon glorieux passé, je range ma bague favorite (héritage de ma grand-mère Odette) que je mettrai au doigt en arrivant, et j'enfile mes gants de cuir.

J'entre dans la brasserie et vais m'asseoir dans notre coin préféré, au fond, sous le grand tableau Arts déco de la femme au volant. Après avoir passé ma bague, je me livre à mon sport de prédilection : observer les gens, espionner les conversations de mes voisins. Mais à midi les clients sont encore rares, si ce n'est un homme élégant à la chevelure poivre et sel qui doit avoir à peu près mon âge, et qui doit pratiquer la même activité que moi puisqu'il n'arrête pas de me jeter des coups d'œil. Je ne me trompe pas, ce type me regarde ! Si je n'étais pas en deuil et complètement abattue par la vie, je serais flattée. Je l'observe à la dérobée. Il a un visage long, des pommettes hautes ; son teint est un peu trop rose, mais ses iris bleu très pâle m'emprisonnent quand nos regards se croisent. Intéressant !

En attendant mes copines, je commande un kir royal à notre petit serveur habituel, Lilian, un étudiant fauché qui attendrit toujours Martha. L'homme qui boit un café tend sa tasse dans ma direction pour trinquer avec moi. Intimidée, j'imite son geste en renversant une bonne partie de mon verre sur la nappe blanche. Il me sourit. Il a de belles dents bien blanches, pour son âge. Un dentier qui doit être onéreux.

À cet instant, Martha fait son entrée. Malgré ses formes généreuses, elle se glisse avec agilité à côté de moi sur la banquette et m'embrasse sur les deux joues. Son parfum à la rose écœurant me saisit à la gorge.

— Tu as vu ma nouvelle coiffure, me demande-t-elle avec son petit regard timide, une main faisant bouffer ses cheveux.

— Un peu choucroute, mais la couleur n'est pas mal.

— Oh, Lucie, tu trouves ça affreux, alors ?

Que n'ai-je pas dit ? Martha n'a aucune confiance en elle, elle va encore geindre pendant tout le déjeuner !

— Mais non, pas affreux, c'est plutôt...

Je suis interrompue par Évelyne qui s'assoit lourdement en face de nous.

— Hello, hello, mes chéries ! Je suis en retard ? Vous m'attendez depuis longtemps ? Qu'est-ce que j'ai raté ?

En face, l'homme se lève pour quitter le restaurant. Il enfile un grand manteau en poil de chameau, passe une écharpe en cachemire et se coiffe d'un feutre.

Il est grand et a une sacrée allure. Nos regards se croisent de nouveau. Il me sourit et m'adresse un petit signe de la main avant de partir. J'en ai les jambes coupées par l'émotion.

— Alors, mon petit Lilian, ça marche bien, les études ? demande Martha, et son léger accent espagnol, elle qui est en France depuis soixante ans, donne l'impression irritante qu'elle roucoule.

— Et les amours ? intervient Évelyne.

— Tout va bien, merci mesdames, répond le serveur en clignant de l'œil. Le plat du jour : daurade et pommes vapeur. Un délice !

Comme d'habitude, après de longs débats et hésitations, nous prenons chacune exactement le même plat que les fois précédentes. Mais Lilian est patient, et il nous aime bien, je crois. Enfin, surtout Martha.

Évelyne, elle, est une grande bringue un peu chevaline. Dans sa jeunesse, c'était une vraie femme d'affaires. Elle dirigeait sa propre agence de voyages. Je l'admirais tellement, moi qui n'ai jamais travaillé de ma vie. Et puis elle a toujours été tellement drôle, un peu fantasque, même, comparée à moi qui suis assez classique et à Martha qui est si sérieuse. C'est d'autant plus triste que, ces derniers temps, Évelyne perd un peu la boule. Mais au moins sa fille et ses petits-enfants sont présents dans sa vie.

La situation familiale de Martha est un peu comme la mienne, en moins pire. Elle a deux fils, un qui vit au Brésil et qui ne donne plus de nouvelles (est-ce qu'elle serait même au courant s'il mourait ? Peut-être qu'il est mort, d'ailleurs ? Allez savoir), et un autre qui vit en banlieue mais qu'elle ne voit presque jamais. « Il a sa vie, c'est normal », nous dit-elle toujours pour l'excuser. Pourtant, chaque fois, elle prend son regard de cocker dépressif. En revanche, Martha doit être largement la plus riche d'entre nous (enfin, plus riche qu'Évelyne, moi je suis maintenant hors jeu). Sa famille possédait une immense fortune, et elle a épousé un héritier. L'argent attire l'argent, l'amour n'est pas une priorité dans ce beau monde.

Quant à moi, c'est très simple, j'ai adopté le mantra de ma mère : « Mieux vaut faire envie que pitié. » Quitte à tordre un peu la vérité.

— Alors, Lucie, ce nouvel appartement ?

— Splendide ! Mais je ne peux pas vous inviter pour le moment, je suis en pleins travaux. Mélanie s'occupe de tout et elle m'héberge tant que ce n'est pas habitable.

— C'est formidable ! dit Martha en battant des mains, comme ça tu passes du temps avec tes petits-enfants. Ils ont quel âge, déjà ?

Inutile de me voiler la face, je n'en ai pas la moindre idée. Autant continuer sur le même chemin.

— Onze et seize ans.

— Déjà ? Je croyais qu'ils étaient tous les deux en primaire.

— Eh oui, dis-je en soupirant, la vie passe trop vite.

— Mais la dernière fois tu m'as dit..., insiste Martha, que j'interromps.

— Et toi, Évelyne, comment vont tes petits-enfants ?

— Très bien, je garde Louis et Augustin, ce week-end, Mathilde et Roland partent en amoureux pour leurs dix ans de mariage. D'ailleurs, bonne nouvelle du côté de mon gendre ! Il a eu sa promotion, à son ministère des Finances. Il est tellement doué !

— Pas de quoi pavoiser, si tu veux mon avis, dis-je. Franchement, ces gens haut placés dans les ministères sont payés à bouffer notre argent et à ne rien faire.

— Ça, c'est bien vrai, renchérit Martha. Et en plus, c'est bien connu, ce sont des obsédés sexuels.

— Mais n'importe quoi ! s'insurge Évelyne, qui sombre soudain dans ses pensées avant de poursuivre : En tout cas, mon gendre m'a raconté l'autre jour... que... C'était quoi, déjà ? Mince, je ne m'en souviens plus, conclut-elle, piteuse.

— Quand ton gendre dit quelque chose, Évelyne, j'avoue, on a du mal à s'en souvenir, il est sacrément barbant, dis-je pour plaisanter, et je glousse toute seule sous le regard noir de Martha.

— Enfin, dis-je une fois calmée, moi aussi, ce week-end je serai en famille. On n'a pas encore décidé de ce qu'on va faire. Et toi, Martha ?

— J'ai une réunion de prière. J'ai aussi très envie de passer une nuit à l'église pour prier. Ça me fera un bien fou.

— Je préfère que ce soit toi plutôt que moi, réplique Évelyne en riant. Ne te vexe pas, Martha.

— Je sais, vous êtes deux affreuses impies, mais je vous aime quand même. Ça fait combien d'années qu'on se connaît, maintenant ?

— On était en troisième, alors ça fait… On avait quatorze ans et on en a…

— Soixante de plus, annonce Évelyne. Soixante ans d'amitié.

Ce chiffre impressionnant nous laisse songeuses.

Aujourd'hui, je suis fatiguée. Pour la première fois depuis que j'habite dans cet immeuble décati, je prends l'ascenseur. Il est aussi étroit qu'un cercueil, ses parois sont recouvertes d'une sorte de moquette qui exhale une épouvantable odeur de poussière et le lino noir, au sol, a connu des jours meilleurs. Je reste en apnée jusqu'à la sortie.

— C'est terminé ! Jamais plus je ne monterai dans ce truc infâme. Sûrement plein de virus dégoûtants ! dis-je en poussant la porte.

Je sursaute en lâchant un petit cri.

Quelqu'un est assis sur mon sofa.

Je me précipite sur l'interrupteur. C'est le petit morveux d'en face. Et il me sourit comme si de rien n'était.

— Qu'est-ce que tu fiches sur mon canapé, toi ?

— Salut, répond-il, et il n'a pas l'air du tout intimidé par mon air revêche ni par ma question.

— Allez, ouste, rentre chez toi, on ne traîne pas comme ça dehors ! Et je n'autorise personne à s'asseoir sur mon sofa, tu as compris ? dis-je en agitant mon index pointé dans sa direction.

Il se lève, le dos courbé. Il ne va pas pleurer, quand même !

— Je peux pas.

— Tu ne peux pas quoi ?

— J'ai pas les clés. Mélodie est pas venue me chercher à l'école, Manon est pas là, papa est au travail...

— C'est qui, Mélodie ?

— Ben, c'est ma nounou ! dit-il, l'air surpris par ma question, comme si tout le monde connaissait cette Mélodie. Du coup je n'ose pas lui demander qui est Manon. Sa sœur ou sa mère ? Les enfants de maintenant appellent parfois leur mère par leur prénom, ce qui me dépasse complètement. Je ne suis pas non plus un monstre, alors je lui dis dans un soupir :

— Assieds-toi, va. Allez, au revoir.

Je pénètre dans le bouge qui me sert de logement et claque la porte.

Mon intérieur est toujours aussi encombré et sinistre. Je pose mon manteau sur une pile de cartons qui obstruent l'entrée et slalome entre d'autres piles jusqu'au salon, pour m'effondrer dans mon fauteuil, en face de la cheminée. Émile, depuis son cadre, semble me narguer.

— Tu peux te moquer, toi ! Tout est ta faute ! Comment je vais faire pour tenir le coup ici ? Et combien de temps encore je vais pouvoir mentir à mes amies ? Hein ? Tu y as pensé ? Quel déshonneur.

Je prends ma tête entre les mains, et les larmes me piquent les yeux.

3

Dimanche, je suis tellement déprimée que je décide d'aller m'offrir des huîtres au Wepler. Ce n'est pas raisonnable, avec mon nouveau budget. Mais ma santé mentale en dépend. Pour me rappeler que j'ai été quelqu'un, avant, je range de nouveau ma précieuse bague dans mon sac à main, en sécurité, pour l'enfiler dès que je serai à table. Jamais je ne prendrais le métro avec mon caillou au doigt !

C'est une jeune fille que je ne connais pas qui prend ma commande. Moins polie que Lilian. Une bonne raison pour ne pas lui laisser de pourboire.

Alors qu'elle vient de déposer mon plateau et mon verre de blanc, une haute silhouette se penche au-dessus de moi. C'est lui ! L'homme de la dernière fois.

— Excusez-moi, je peux ? dit-il.

Il désigne la chaise en face de moi.

— Pardonnez-moi, j'ai horreur de déjeuner seul. J'en suis au café, mais si vous m'autorisez à le boire en votre charmante compagnie…

Muette d'embarras, je le fixe bêtement. Allez, Lucie, réponds-lui, me dis-je.

— Oui, oui, bien sûr, asseyez-vous, monsieur.

— Henri. Enchanté.

— Oui, enchantée. Oui. Euh... Lucie.

— Quel ravissant prénom ! Je vais chercher mon café.

Je le suis des yeux tandis qu'il retourne à sa table pour prendre sa tasse. Aujourd'hui, il porte un beau costume beige pied-de-poule, une pochette en soie glissée dans la poche avant. Ses cheveux sont coiffés en arrière et je ne discerne aucun signe de calvitie. Émile, lui, adorait les pochettes en soie, mais il était très dégarni, le pauvre.

— Mangez, je vous en prie, ne vous gênez pas pour moi, dit-il en me voyant baisser les yeux sur mes huîtres.

Que c'est gênant. Il va me regarder avaler mes huîtres, et surtout m'entendre les aspirer ?

— Oh, je ne suis pas pressée, et elles ne risquent pas de refroidir !

— Je vous avais remarquée, l'autre jour, avec vos amies. Vous venez souvent ?

— C'est ici que nous nous retrouvons depuis des années. Et vous ? Je ne vous avais jamais vu avant. Je l'aurais remarqué !

Cette dernière phrase est sortie sans prévenir et je me racle la gorge pour cacher ma honte.

— C'est parce que je viens de rentrer en France. Je vivais au Canada depuis quinze ans. Pour affaires. Mais j'en ai eu assez, je voulais revenir vivre chez moi.

— Vous faisiez quoi, là-bas ?

— Je suis trader. C'est un métier qu'on peut faire partout, en totale indépendance. J'avais une très bonne clientèle, au Canada, et je compte bien m'en faire une nouvelle ici. J'ai déjà de nombreux contacts.

Henri prend une inspiration et observe mes mains sagement posées sur la table. Le saphir entouré de diamants qui compose ma bague brille et, grâce à cet artifice, je me sens plus confiante face à ce bel homme.

— Et puis j'ai tout mon temps. Je me suis pas mal débrouillé dans la vie, je pourrais m'arrêter, si je voulais.

— Mais vous ne voulez pas ?

— Surtout pas ! Je ne supporte pas le mot « retraite » ! explique-t-il en riant. Et j'adore mon travail : conseiller les gens, les aider à s'enrichir. C'est un travail philanthropique, vous comprenez ?

J'aime bien la grosse chevalière en or qui orne son doigt. Émile en avait une aussi, elle doit être dans un des cartons. Peut-être avec les quelques effets que j'ai gardés de lui, et sûrement avec l'urne...

— Et vous, Lucie, que faites-vous, dans la vie ?

— Oh, moi, dis-je en battant des cils. Je suis veuve, et je m'ennuie un peu !

Je prends une grande gorgée de vin que j'avale de travers. Je tousse à en cracher mes poumons.

— Pardon, je murmure quand je parviens enfin à reprendre mon souffle. C'est l'émotion. Émile me manque tellement. Cinquante ans de mariage.

— Je comprends. Et il s'occupait bien de vous, n'est-ce pas ?

— Exactement, dis-je en baissant la tête.

J'ai soudain envie de pleurer. Je sens alors sa main sur la mienne et me redresse.

— Lucie. Je ne veux pas vous voir si triste. Ne vous inquiétez pas, ça va aller, et si vous avez besoin de soutien, de conseils, je suis là.

— Vraiment ?

— Sauver les belles dames en détresse, c'est tout moi ! réplique Henri en riant, une pointe de malice dans les yeux.

Il est adorable !

— C'est très aimable à vous, dis-je, néanmoins intimidée, et je retire imperceptiblement ma main toujours recouverte de la sienne. Pourtant tiède et douce.

— C'est normal. Je vous l'ai dit, j'aime me rende utile. Et je crois que vous avez besoin d'être entourée, pas vrai ? Bien, Lucie, il faut que je parte. Un rendez-vous chez un client. Eh oui, je travaille même le dimanche !

Il se lève.

— Aurais-je le plaisir de vous revoir bientôt, Lucie ?

— Avec plaisir, Henri.

— Vous connaissez le Zimmer, place du Châtelet ?

— Absolument.

Nous échangeons nos numéros de téléphone. J'ai l'impression d'être une adolescente avec son nouveau flirt. Rendez-vous est pris pour le vendredi suivant. Et mon bel homme s'en va.

Je déguste mes huîtres en me sentant sur un petit nuage. J'ai envie de rire. Je me sens jeune, belle, légère, séduisante ! Je vais prendre un dessert, tiens.

La jeune serveuse m'apporte la note. Enfin, les notes. Henri a oublié de payer son café. L'aurais-je troublé ? En tout cas, il doit être tellement riche qu'un café, pour lui, ne représente rien. Pour moi, par contre...

Je viens de refermer la porte de mon appartement lorsque des bruits de pas résonnent dans l'escalier. Puis quelqu'un sonne avec insistance.

— C'est bon, ça va, j'ai entendu ! je grogne en ouvrant.

Un homme et un chien se tiennent sur le palier, et je les trouve particulièrement affreux.

— Monsieur ? dis-je.

— Vous êtes la nouvelle voisine ?

— À votre avis ? je réplique sèchement.

Il m'observe un instant, bouche bée, avant de reprendre.

— Je suis Guy Lefort, troisième droite, président du conseil syndical de l'immeuble. Et voici mon fidèle compagnon, Gordon.

Je reste muette, attendant la suite.

— Vous êtes madame... ?

— Madame Leblanc.

— Eh bien, madame Leblanc, je voulais vous dire...

— Quoi ? je l'interromps en soupirant.

— Votre canapé, il ne peut pas rester là, vous voyez bien que vous gênez le passage.

Je ne connais pas cet homme mais il me tape déjà sur les nerfs.

— Vous voulez que je vous aide à le porter à l'intérieur ?

J'émets un rire sans joie et ouvre grand ma porte.

— Allez-y, faites-vous plaisir. Si vous pouvez.

Mon voisin met un pied dans mon appartement.

— Houlà, c'est quoi ce b... Houlà.

— Comme vous dites.

— Mais... Vous avez trop de meubles ou vous comptez ouvrir une brocante ?

— Je n'avais pas prévu de vivre dans si petit.

— Écoutez, ma petite dame, il va falloir trouver une solution, parce que, au nom du conseil syndical je vous le dis : ça ne va pas être possible.

— Oui, je sais, j'ai compris. Vous pouvez me laisser un peu de temps ? Je vais arranger ça. Pour le moment, si vous le permettez, je vais aller me reposer, je suis fatiguée.

Quelle dégaine, me dis-je une fois seule chez moi. J'enlève mon manteau et farfouille dans mon sac pour récupérer la bague de mamie Odette. Ce Guy Lefort, avec ses cheveux gras, son vieux survêtement bleu marine. Et son anorak ? Bon sang, où a-t-il pu trouver un truc pareil ? Moche, mais moche ! Comparé à Henri qui marque si bien !

J'enjambe cartons, tapis roulés et autres objets épars pour m'affaler dans le fauteuil du salon.

Et son chien pouilleux, sûrement un vrai nid de puces !

Je retire mes chaussures. Émile m'observe.

— Quoi ? Tu es jaloux d'Henri, c'est ça ? Il ne faut pas, tu es l'homme de ma vie, tu le sais bien. Mais comprends-moi, je me sens tellement seule. Et il est très gentil avec moi. Et puis j'avoue, je lui plais et ça fait du bien à l'ego. Et mon ego, en ce moment, il est dévasté. Oui, Émile, dévasté.

Depuis que j'habite dans ce quartier, je n'ai pas encore mis un pied aux Buttes-Chaumont. Moi qui suis très frileuse, je n'ai pas le courage de m'y promener. J'attendrai le printemps. Par contre, j'arpente tous les jours l'avenue Laumière et je commence à bien connaître ses commerces, ainsi que ceux de la rue de Meaux. Sur l'avenue, il y a un petit salon de coiffure qui me tente bien. Je sais, je suis pauvre, mais il y a un luxe dont je n'ai pas envie de me priver : ma visite hebdomadaire chez le coiffeur pour mon shampooing et mon brushing. Il y a des limites au supportable ! Sans compter que maintenant, j'ai un flirt, je dois rester présentable.

Je pousse la porte du salon qui est propre et assez coquet, et me présente à celle qui doit être la patronne. Si je suis satisfaite, je reviendrai tous les mardis, comme avant, dans mon ancienne vie.

Je n'avais pas remarqué l'une des coiffeuses qui a l'air bien jeune et des cheveux bleus coupés très court. J'espère que ce n'est pas elle qui...

— Kylie ! crie celle qui dirige en effet le salon, tu t'occupes de madame.

La fille aux cheveux bleus m'adresse un grand sourire et me rejoint pour prendre mon manteau. Elle est immense, costaud, les yeux noirs plutôt vifs. Elle porte une robe salopette qui lui arrive tout en haut des cuisses et ses oreilles sont percées de partout. Mon Dieu...

— Asseyez-vous là, j'arrive tout de suite !

Malgré mes craintes, elle fait bien son travail.

— Il est agréable, ce massage du crâne, vous avez appris ça où ? je lui demande, la tête renversée dans le bac.

— Nulle part, j'ai toujours aimé masser. Ils sont beaux, vos cheveux. J'aime bien votre couleur naturelle.

— Merci, mademoiselle.

— Appelez-moi Kylie.

— Kylie ? Qu'est-ce que c'est que ce prénom ?

Je l'entends glousser derrière moi.

— C'est ma mère. Ado, elle était dingue de Kylie Minogue.

— Ah. Connais pas.

— Une chanteuse. Petite blonde aux yeux bleus. Tout moi, quoi ! dit-elle en riant.

— Jamais entendu.

— Vous n'avez rien loupé. Ma mère m'a soûlée avec sa musique toute mon enfance. Venez, je vais vous faire votre brushing.

— Bien tiré, le brushing, mes cheveux frisottent et ondulent, et je les aime très raides.

Mon reflet, dans le miroir du salon, me renvoie l'image d'une femme volontaire, voire autoritaire, personnalité qui s'est effacée ces derniers mois face à toutes les épreuves que j'ai subies. Mais je sens que je reprends du poil de la bête. C'est grâce à Henri. Il m'a fait entrevoir la possibilité d'une petite éclaircie dans ma vie. En plus, je lui ai plu, et le voir dans ses yeux m'a fait du bien. Et c'est vrai que je ne suis pas si mal. Je suis peut-être assez ridée, mes cheveux gris sont de plus en plus blancs, mais mes yeux noisette sont vifs et je me tiens très droite, la poitrine bien en avant, et ça me rajeunit.

Kylie en revanche est franchement vulgaire et mal attifée. Mais étonnamment, malgré ses grandes mains, elle fait bien son travail. Son massage est un délice et mon brushing est parfait. Ça change de ma petite Natacha du salon des Batignolles, hélas, elle qui était si soignée, si présentable, mais je ferai avec.

En sortant, je pars pour la bibliothèque de la rue Fessart, tout en haut des Buttes-Chaumont. Je vais prendre ma dose de romans sentimentaux, ma lecture favorite. Je les dévore ! Toutes ces belles histoires d'amour qui m'emportent et me font rêver ! Parfois, j'en prends des un peu plus olé-olé, voire franchement érotiques, comme aujourd'hui : une nouvelle saga coquine en plusieurs volumes. La découverte de *Cinquante Nuances de Grey* a été pour moi une révélation, un choc littéraire. J'adore ce livre, c'est mon préféré. Je l'ai même acheté et l'ai déjà lu deux fois, et c'est une prouesse parce que c'est énorme. Depuis, je l'ouvre au hasard et j'en lis des passages. Franchement, ça me remonte le moral, ça me rend heureuse, même. Dans les bras de Christian, j'oublie tout.

Tenant fermement ma pile, je passe par la section « Histoire » et attrape un livre au hasard, une biographie de Churchill, pour faire bonne figure devant la bibliothécaire. Et je file chez moi. Mais au lieu de m'oublier dans la nouvelle histoire de la jeune fille effarouchée et sage séduite par un grand débauché, qui est sur le point de découvrir enfin ce qu'est le véritable amour, je ne cesse de penser à mon futur rendez-vous avec Henri.

4

Vendredi arrive vite. Et c'est très émue que j'entre au Zimmer à 13 heures pétantes. La salle est pleine. Que c'est beau, ce lourd rideau épais qu'il faut franchir pour entrer, les plafonds et les murs tout en moulures, les lustres et appliques éclairant en douceur les lieux, les chaises en velours rouge à franges, les tapis feutrés rouges qui s'accordent si bien au décor en bois sombre... Un lieu parfait pour un rendez-vous ! Soudain, j'ai l'impression d'être l'héroïne pure et innocente de mes romans qui retrouve pour la première fois son don juan sans scrupule ! Anastasia et Christian, pourquoi pas ! Ah, que c'est excitant ! Je cherche Henri des yeux et l'aperçois qui se lève et me fait de grands signes.

— Lucie, vous voilà ! m'accueille-t-il d'un air ravi. Asseyez-vous, dit-il en tirant ma chaise.

Le serveur se presse autour de nous et nous tend les cartes.

— J'adore cet endroit, je murmure en le regardant.

— J'en étais sûr. Moi aussi !

Aujourd'hui, Henri porte un costume gris perle aussi élégant que le précédent. Je sens d'ici son eau de Cologne.

Je sors ma bague cachée comme d'habitude au fond de mon sac et remarque qu'Henri m'observe d'un air curieux.

— J'ai pris le bus, je lui explique en la passant à mon doigt, et j'ai peur des pickpokets. Je ne veux pas pour autant m'empêcher de porter mon bijou préféré.

— En effet, quelle pierre magnifique. C'est un saphir ?

— Oui, je réponds fièrement. C'est une bague ancienne. Ma grand-mère me l'a donnée et j'y tiens beaucoup. C'est affectif.

— Comme je vous comprends ! Bien, Lucie, que souhaitez-vous manger ? me demande-t-il.

Je me plonge dans la carte.

— Je ne sais pas. Comme vous ! dis-je en levant la tête.

— Un tartare de saumon, ça vous va ?

Je ne suis pas fan du poisson cru mais je ne vais pas le contrarier.

— Parfait !

Après que le serveur a pris notre commande, Henri et moi parlons et rions comme de vieilles connaissances. Il me raconte le Canada, ses voyages dans le monde entier, sa vie trépidante. Comme je l'envie d'avoir eu le courage de vivre tout ça, moi qui ai toujours habité au même endroit et qui n'ai jamais eu envie de voyager hors des frontières de la France. Par peur, peut-être ?

— Et vous, Lucie, parlez-moi de vous.

— Oh, moi, rien de passionnant.

— Votre famille, vos amis… Vous avez un bon ami, peut-être ? demande-t-il en penchant la tête sur le côté d'un air soudain un peu anxieux.

— Oh, non, rien de tout ça. Depuis la mort d'Émile, je me sens très seule. Mon fils et ma fille, pour vous dire la vérité, je ne les vois plus.

— Oh, ma pauvre ! s'exclame-t-il et, comme la fois précédente, il pose sa main sur la mienne et la serre. C'est sûrement passager ?

— Tout ce qu'il y a de définitif. C'est une sombre histoire d'héritage. Et puis, on ne s'est jamais sentis très proches, vous voyez ?

— Oh, c'est désolant. Moi, je suis un vieux divorcé sans enfants. Alors je suis un peu comme vous, je suis seul dans cette vie. Tout seul. Enfin, soupire-t-il, ce n'est pas une raison pour se laisser abattre ! Il faut savoir profiter de tout, tant qu'on est en vie, vous ne trouvez pas ?

Le repas se déroule comme dans un rêve. Je me sens si bien avec lui. Je parviens même à manger le saumon cru sans montrer mon dégoût. Nous avons plein de points communs.

Alors que notre déjeuner touche à sa fin, Henri, si drôle et spirituel, reprend son sérieux.

— Lucie, ça m'ennuie de vous savoir endeuillée depuis peu et en même temps coupée de vos enfants. Vous êtes sûre que vous ne devriez pas les contacter ?

— Jamais de la vie !

— Ma chère Lucie, vous semblez si fragile, si délicate... J'ai très envie de vous revoir. De vous aider. De vous consoler.

— Oooh, Henri !

— Là, tout de suite, je vous prendrais bien dans mes bras !

Je porte mes mains à mes joues qui doivent être cramoisies. Même Émile ne m'a jamais parlé comme ça.

— Revoyons-nous vite, ma chère Lucie. Vous voulez bien ?

— Avec plaisir, Henri.

Nous nous sourions béatement.

Le serveur qui vient déposer l'addition interrompt ce moment. Henri continue de me sourire et glisse la main dans la poche avant de son costume, puis son sourire se fige.

— Oh, non, quel imbécile je fais ! Lucie, je suis désolé, j'ai oublié mon portefeuille... Dites, je sais que c'est très grossier, mais ça ne vous dérangerait pas de m'avancer ? Je vous rembourse la prochaine fois. Quel idiot !

Je sors à regret ma carte de crédit en cachant au mieux ma contrariété. Je ne tiens pas à passer pour une radine.

— Aucun souci, mon cher Henri, et puis de toute façon je ne peux pas vous laisser m'inviter tout le temps.

Enfin, pour le moment, c'est plutôt l'inverse.

— Mais bien sûr que je vous invite ! Disons que c'est une avance.

Je manque de m'étrangler en découvrant le montant de la note. Heureusement qu'il va me rembourser, c'est beaucoup trop cher pour mes finances.

— La prochaine fois, je vous retrouve près de chez vous, continue Henri. Je ne veux pas que vous vous déplaciez trop loin à cause de moi, d'accord ?

Et là, nouveau malaise. À Henri, il faudra bien que j'avoue la vérité : je vis dans le 19e arrondissement, pas dans un quartier huppé. Que va-t-il penser de moi ? Tant pis, il doit m'accepter comme je suis.

— J'habite au pied des Buttes-Chaumont. Je voulais absolument vivre près de ce parc. Le besoin de verdure…

— Je comprends. C'est un très bel endroit.

Ouf.

— Il y a le Napoléon III, je n'y suis jamais allée, mais le restaurant a vue sur les Buttes et ça m'a l'air très correct.

— Excellente idée, Lucie. Je vous fais signe dès que j'y vois plus clair dans mon agenda. Les affaires reprennent ! me dit-il d'un air sémillant.

Après ce déjeuner ensorcelant, et malgré le petit incident technique de la fin de repas, le choc est rude lorsque je me retrouve au milieu du capharnaüm dans lequel je vis. Un jour viendra, peut-être, où Henri et moi serons si proches qu'il faudra le laisser entrer ici. Mais comment rendre cet endroit présentable ? Je dois aussi mettre la main sur l'urne d'Émile. Je ne peux pas laisser mon mari moisir comme ça au fond d'un carton.

Une heure passe, sans rien résoudre. J'ai ouvert de nombreuses caisses et fouillé dedans sans trouver l'urne, mais leur contenu s'étale maintenant dans le peu d'espace qui restait auparavant pour circuler.

Plongée dans mes réflexions, j'entends alors des bruits étranges sur le palier. Je regarde par l'œilleton mais ne vois rien. La lumière est éteinte.

Malgré la peur de ce que je risque de découvrir, j'entrouvre ma porte et tends la main pour allumer.

Un chat dort en boule sur mon sofa, deux autres y cavalent en tous sens, plantant leurs griffes frénétiquement dans le velours.

— Fichez le camp, sales bêtes ! je hurle.

Mais les chats font comme s'ils ne m'entendaient pas.

Henri m'a rappelée pour me proposer un thé, mardi à 17 heures, au Napoléon III. Le lundi, au cas où il m'interrogerait sur le parc dont je suis censée être une fan, au point d'avoir eu envie de venir vivre ici, j'en parcours chaque pelouse, chaque allée. Je découvre le coin des enfants, avec les jeux, les balançoires et le manège, plutôt déserts en cette matinée, et je fais le tour du lac avant de m'aventurer en hauteur. Je suis essoufflée lorsque je parviens au belvédère. La vue sur la mairie et l'avenue Laumière est assez belle, finalement. Mais il fait très froid, aujourd'hui, même si on commence à sortir de l'hiver. Il est temps de rentrer.

Rue Cavendish, devant moi, marchent deux hommes dont l'un pousse une poussette. Il est très grand, blond et costaud. L'autre, brun, plus petit et de corpulence moyenne, parle en faisant de grands gestes avec les mains. Il glisse brusquement ses doigts dans la chevelure du grand blond et lui ébouriffe les cheveux. L'autre rigole, se penche et lui fait la bise. Drôles d'énergumènes, ces deux-là.

Je hausse les épaules et ils repartent. Pour s'arrêter devant mon immeuble. J'entre derrière eux et découvre la gardienne qui nettoie le hall.

— Comment va ce petit bonhomme ? demande-t-elle en se penchant au-dessus de la poussette.

— Bonjour, bonjour, dis-je, un peu mal à l'aise, et je me faufile pour passer.

— Madame Leblanc, voici vos voisins du cinquième.

— Markus et Jérôme, dit le petit brun en me tendant la main. Enchanté, madame Leblanc.

— Et lui, c'est Tobias, dit la gardienne en me désignant le mioche.

Là, je me sens perdue. Il est tout noir ! Mais à qui il est, ce marmot ?

— C'est votre fils ? je demande à la gardienne.

Tous les trois éclatent de rire.

— Mais non, c'est mon neveu, répond le dénommé Markus. On le garde pour la semaine.

— Ah, je comprends, dis-je, ce qui est complètement faux.

Je n'aurais jamais assisté à une chose pareille dans mon ancien immeuble. Jamais.

5

Mardi à 11 heures, je pousse la porte du salon de coiffure. Kylie m'accueille avec un grand sourire. Je n'arrive pas à comprendre comment Delphine, la patronne, accepte d'embaucher quelqu'un avec des cheveux bleus. Et s'il n'y avait que ça ! Aujourd'hui, elle porte un short. Oui, un short en jean effrangé en plein mois de février. Avec des collants et des gros godillots noirs. Et elle est beaucoup plus maquillée que la dernière fois : son rouge à lèvres est presque noir et appliqué en couche épaisse, comme son trait noir d'eyeliner. Quelle image, pour le salon ! Enfin, au moins, elle est compétente, c'est l'essentiel…

Je la laisse me masser le crâne et je me détends instantanément. J'oublie mes problèmes et songe à Henri qui, peut-être, va m'offrir un nouveau départ et m'apporter le bonheur que j'ai perdu.

— Ça va, madame Leblanc, l'eau est à la bonne température ?

— Très bien, Kylie.

— Vous avez passé un bon week-end ?

— Mmmh.

— Vous êtes sortie ?

— Bien sûr. J'ai même un galant !

— Un quoi ?

— Un amoureux, Kylie.

Elle s'interrompt brusquement.

— Remettez-vous, ma petite, à mon âge aussi, on peut plaire.

— Ah, cool ! Je suis contente pour vous. C'est vrai, vous êtes encore pas mal pour votre...

— Je le vois tout à l'heure.

— Ah oui ? Chez vous ou chez lui ? dit-elle, et elle se met à glousser.

— Au Napoléon III. Dites, vous pouvez continuer à me shampooiner ? Je n'ai pas toute la journée, j'ai un rancard !

— Ne vous en faites pas, je vais bien soigner votre brushing, votre « galant » va vous kiffer. Allez, venez vous asseoir pour le séchage.

Kylie m'entraîne à travers le petit salon et me désigne un fauteuil devant le grand miroir.

— Et genre, il est comment ? me demande-t-elle.

— Genre très classe, je réponds.

Ce n'est que ma shampooineuse et elle ne doit même pas avoir vingt-cinq ans, mais qu'est-ce que ça fait du bien de parler d'Henri à quelqu'un d'autre qu'Émile !

— Il a quel âge ?

Je réfléchis.

— Je me demande s'il n'est pas un peu plus jeune que moi. Il travaille encore. C'est un trader, dis-je, gonflée de fierté.

— Mmmh, en mode in love, ouais je vois. Vous vous connaissez depuis longtemps ?

— Non, on vient de se rencontrer.

— Comme moi et Eddie, dit-elle et, la langue pointant au coin des lèvres, elle enroule mes mèches gris-blanc sur sa brosse et tire en agitant son gros fer à cheveux.

Je l'observe pendant qu'elle s'affaire, concentrée. Elle ne serait pas si laide si elle était moins maquillée. Bon, il y a ce petit côté ordinaire aussi qui n'aide pas. Mais c'est une gentille fille, pas si vilaine.

— Qui est Eddie ? je demande.

— Mon nouveau mec. On s'est rencontrés chez des potes. Il est cool. Je l'aime bien.

Kylie lève les yeux et cherche les miens dans le miroir. Elle me sourit. Elle doit être très amoureuse.

— Il n'a pas un QI de ouf, mais il est mignon. Et c'est un bon plan, on va dire. Par rapport à la moyenne, quoi.

Je hoche la tête sans comprendre un traître mot.

— J'ai des goûts assez nuls en mecs, en général. Ou alors ce sont tous des C-O-N, comme disait ma mère. J'en sais rien. Vous en pensez quoi, vous qui avez l'expérience de la vie ?

Kylie me fixe avec l'air de croire que j'ai la science infuse en matière d'hommes. L'expérience de la vie, tu parles.

— Oh, moi, à part mon Émile et nos cinquante ans de mariage...

Elle me regarde, stupéfaite.

— Euh... Vous n'êtes pas en train de le tromper ?

— Enfin, Kylie, je suis veuve !

— Ah ! D'accord, j'aime mieux ça.

Elle se rend compte de ce qu'elle vient de dire et, alors que je regarde son expression tout embarrassée, je suis secouée par un fou rire.

— Un souci, madame Leblanc ? demande Delphine, inquiète.

— Non, non, tout va bien, je n'avais pas ri comme ça depuis que mon Émile m'a quitté. Kylie, vous êtes impayable !

— Si je peux aider, répond-elle, dubitative.

Grâce à Kylie et à mon beau brushing, j'ai le cœur plus léger lorsque j'entre dans mon appartement. Je déjeune en écoutant la radio puis je passe une bonne heure à choisir ma tenue pour mon rendez-vous. Je choisis ma robe bleue en soie, chic mais pas trop, parfaite pour le thé. Je me maquille légèrement, enfile mes escarpins à talons et mon manteau, et claque la porte de chez moi.

Je croise la concierge qui fait la poussière dans le hall.

— Oh, excusez-moi, madame Leblanc, lance-t-elle.

Je m'arrête et la détaille de bas en haut, contemple son pantalon noir moulant qui dessine excessivement ses formes, son pull au col en V qui laisse entrevoir la naissance de sa poitrine, puis mon regard se pose sur son visage un peu rond à mon goût et sur ses grands anneaux qui ornent ses oreilles.

— Oui ?

— Voilà. Je suis désolée de vous embêter, mais plusieurs habitants de l'immeuble m'ont parlé de votre canapé, devant chez vous. Vous pourriez penser à trouver une solution ?

— Vous voulez parler de M. Lefort ?

— Malheureusement, il n'y a pas que lui. C'est un petit immeuble et les paliers sont étroits. Et comme pas mal d'habitants préfèrent ne pas utiliser l'ascenseur, tout le monde l'a vu.

— Je vais m'en occuper, merci de m'avoir prévenue.

— De rien. Et bon rendez-vous ! s'écrie-t-elle derrière mon dos d'un ton malicieux qui ne me plaît pas.

Comme la fois précédente, Henri est arrivé le premier et m'attend devant un café. Malgré son teint encore plus rubicond que la dernière fois, il me plaît toujours autant. Sa façon de me dévorer des yeux m'embarrasse et me réjouit à la fois. J'espère juste qu'il ne va pas oublier de me rembourser le déjeuner au Zimmer. Jamais je n'oserais le lui demander...

Henri est en verve, aujourd'hui. Il a plein de choses à raconter sur le nouveau business qu'il est en train de monter et qui va cartonner. Tous les potentiels clients qu'il a démarchés répondent présents. Son enthousiasme fait plaisir à voir.

Enfin, il se tait. Il prend une profonde inspiration et me regarde au plus profond des yeux. J'ai soudain l'impression que mon âme et, bizarrement, mon corps aussi sont mis à nu. Une sensation tellement troublante.

— Lucie, ma Lucie, je vous ennuie avec mes histoires, dit-il, et il tend la main vers moi.

J'y glisse ma paume et ferme un instant les yeux. Anastasia, sors de ce corps, je m'ordonne intérieurement, alors que des images de menottes et de draps froissés se bousculent dans ma tête.

— Vous m'attirez, Lucie, j'ai envie qu'on fasse plein de choses ensemble. Et si on partait au bout du monde, sur une île des Caraïbes, en Thaïlande... ? Où vous voulez.

Je ris doucement, embarrassée, submergée par l'émotion.

— Et si on s'en allait tout de suite ? lance-t-il.

Il sort de la poche de son veston, non pas l'argent qu'il me doit, mais son passeport qu'il jette sur la table d'un geste un peu théâtral.

— Voilà, je suis prêt, on y va ! dit-il en souriant. Vous avez le vôtre ? Je vous emmène !

Il me scrute d'un regard espiègle.

— Oh, Henri, c'est merveilleux ! Dommage, je n'ai pas de passeport, sinon…

Je pense à Martha et Évelyne. Quand je vais leur raconter que j'ai failli prendre l'avion aujourd'hui pour m'enfuir avec un homme ! Elles en pâliront de jalousie.

— Je ne suis pas une grande voyageuse mais avec vous, c'est oui !

Ce n'est qu'une fois rentrée chez moi que j'atterris un peu. Nous n'avons pas mentionné le Zimmer.

6

Mercredi matin, de bonne heure, mon portable sonne. Henri. Il ne peut plus se passer de moi, on dirait !

— J'ai une proposition à vous faire, m'annonce-t-il. Puisque je ne peux pas vous emmener au bout du monde, je vous offre un week-end en Normandie ! À Deauville, précisément. J'ai un ami hôtelier qui met à notre disposition une suite dans son établissement. Qu'en pensez-vous ? Formidable, hein ? On part samedi matin !

— Là, dans trois jours ? dis-je, soudain affolée.

Je n'aime pas les imprévus, ni les voyages. Et me retrouver dans une chambre d'hôtel, ou même une suite, avec un homme que je connais à peine me terrifie.

— Oui, Lucie. Et on apprendra à se découvrir. N'est-ce pas sensas ?

— Je ne sais pas. C'est tellement soudain… Je ne suis pas une aventurière, Henri. Laissez-moi le temps de digérer l'information. Je vous rappelle, d'accord ?

— Je suis désolé de vous avoir brusquée, Lucie. Vous êtes tellement pleine de vie, si lumineuse ! Je croyais que vous étiez comme moi, une aventurière !

S'il savait !

Je raccroche, le cœur battant. Que faire ? Me jeter à l'eau et le suivre ? J'ai davantage envie d'éteindre mon téléphone et de me réfugier sous ma couette. Ce que je fais.

En fin d'après-midi, après avoir traîné chez moi en chemise de nuit et robe de chambre en essayant de faire un peu de rangement, je décide de me secouer. Je m'habille et pars m'acheter une baguette à la boulangerie près du métro Laumière. En sortant, je tombe sur Kylie. Elle a fini sa journée et s'apprête à rentrer chez elle.

— Madame Leblanc, vous êtes toute pâle, ça ne va pas ? Vous êtes malade ?

Incapable de répondre, je pousse un soupir désespéré.

— Venez, on va boire un café en face, dit-elle en me prenant par le bras.

Nous nous installons près de la vitre du café L'Avenue, où je ne suis encore jamais entrée. Je prends un thé au citron et y verse les deux sachets de sucre posés sur la soucoupe. Kylie m'observe d'un air inquiet. Du moins, c'est l'impression que me donne son regard excessivement charbonneux.

— Qu'est-ce qui vous arrive ? Vous avez un problème dans votre couple ?

— On peut dire ça.

— Qu'est-ce qu'il vous a fait ?

— Rien, rien. C'est moi, dis-je, remuant ma petite cuillère frénétiquement.

Kylie pose ses doigts aux ongles vernis couleur sang de bœuf sur mon avant-bras.

— Essayez de vous calmer. De respirer un peu.

— Je ne peux pas !

— Bon, qu'est-ce qui se passe ? Dites-moi tout.

Je lui raconte la proposition d'Henri, je lui livre mes peurs. Toutes mes peurs.

— À l'hôtel, Kylie, vous comprenez ?

— Qu'est-ce qui vous choque ?

— On se connaît à peine et on va se retrouver... dans la même chambre ? Mais je ne suis pas prête à montrer mon vieux corps à un homme que je connais à peine. Et... est-ce qu'il va vouloir coucher avec moi ? dis-je en haussant le ton.

Des têtes se tournent, ce que Kylie a la délicatesse d'ignorer complètement.

— Je n'ai jamais eu d'autre amant qu'Émile. Personne ne m'a vue nue, personne ne m'a... vous voyez... sauf lui. Je ne peux pas faire ça ! J'en suis incapable !

Kylie se lève et me prend dans ses bras.

— Du calme, c'est rien, murmure-t-elle en me berçant un peu brusquement.

— Ça va aller, dis-je en me dégageant de son étreinte.

Elle se rassoit en face de moi.

— Vous n'êtes pas obligée, Lucie. Je peux vous appeler Lucie ?

J'ai envie de lui dire non, mais vu les circonstances, ça me paraît compliqué. Je hoche la tête.

— Ce n'est plus comme avant, vous savez ? On a le droit de dire non, vous captez ?

— Moui.

— Non, c'est non. Vous voulez pas le faire, votre mec doit vous respecter.

— Mais il est très respectueux. C'est juste que...

— Écoutez, ce n'est pas parce qu'il vous offre l'hôtel que vous êtes obligée d'y passer. Vous allez l'appeler et lui dire que vous préférez attendre un peu, que vous voulez le connaître mieux. Vous vous laissez du temps, vous captez ?

— Merci, Kylie, vous êtes bien mignonne.

Son sourire me fait chaud au cœur. Elle a raison. Cette gamine a raison et moi j'ai perdu les pédales.

— Et vous, comment ça se passe avec votre... Comment s'appelle-t-il, déjà ?

— Eddie. Il est gentil. Limite il est bête mais il est trop beau. Ça équilibre.

— Vous n'avez pas peur de vous ennuyer ?

— Pour le moment, pas du tout, répond-elle en riant, ce n'est pas son cerveau qui m'intéresse !

— Oh. Je comprends.
— Après, dans la durée, on verra.

Grâce à Kylie, je me sens beaucoup mieux quand je rentre chez moi. Jusqu'à ce que je découvre mon petit voisin sur le sofa, un gros chat roux sur les genoux, une console de jeux entre les mains. Il m'agace, ce gosse, à traîner tout le temps sur le palier, à utiliser mon canapé, avec son air de petite souris triste.

— Elle n'est encore pas venue, ta nounou ? Ils attendent quoi, tes parents, pour la virer ?

— Si, elle est venue, mais elle est repartie. Ma sœur est enfermée dans sa chambre, j'étais tout seul dans l'appartement, alors je me suis mis là, avec Sigmund, réplique-t-il en désignant le chat.

— C'est le tien ?

— Non, c'est celui de Markus et Jérôme.

— Pourquoi la lumière ne s'éteint pas ? Elle est bloquée ?

— Oui, j'ai coincé un petit bout de carton là parce que j'ai peur du noir, explique le garçon en me désignant l'interrupteur.

Je m'assois à côté de lui, et le chat que je croyais profondément endormi bondit en feulant et se précipite dans les étages.

— Je crois que Sigmund vous aime pas.

— Je ne l'aime pas non plus. Bon, mon petit… Tu t'appelles comment ?

— Hyppolite, madame.

— Hyppolite. Tu crois vraiment que c'est une bonne idée de passer ta soirée sur le palier ? Ils sont où, tes parents ?

— Mon père est avec sa copine. Normalement c'est Manon qui s'occupe de moi, mais elle a pas envie.

— Manon ?

— C'est ma grande sœur.

— Tes parents sont divorcés ?

Il baisse la tête et chuchote des paroles inaudibles.

— Quoi ? Parle plus fort !

Qu'il est irritant.

— Ma mère est morte.

— Oh, pauvre petit !

J'ai honte de moi, de ma brusquerie.

— Bon, je te laisse tranquille. Mais retourne chez toi, d'accord ?

— Toute façon j'ai pas la clé et j'ai claqué la porte. Papa est au deuxième, sa copine c'est Leïla, elle habite au-dessus. Mais si je veux, je peux aller le voir.

Ses yeux deviennent larmoyants.

Je soupire. Les parents, de nos jours…

— Allez, au revoir, Hyppolite.

Et je rentre chez moi.

7

Le lendemain matin, je me réveille très tard et traîne dans mon lit. J'ai froid, dans cet appartement mal isolé et mal chauffé, et j'ai beaucoup de mal à quitter ma couette.

Après m'être enfin décidée à me lever, à prendre une douche dans ma salle de bains minuscule, glaciale et mal ventilée, je m'habille rapidement puis allume mon portable. Je découvre deux appels en absence d'Henri et un message vocal. Je sens mon stress remonter en flèche. Je croise le regard d'Émile, sur la cheminée, et détourne aussitôt les yeux. Je suis mal à l'aise. C'est vrai, si j'avais accepté l'offre d'Henri, je m'apprêterais à tromper mon mari, et je vais sûrement le faire un jour, mais pas tout de suite. Puis ça me revient comme une claque : je suis veuve. On n'est pas infidèle quand on est veuve.

Mon portable sonne et me fait sursauter. Le nom d'Henri s'affiche. Je repense à tous les conseils de Kylie, respire à fond et réponds.

— Lucie, vous avez écouté mon message ?

— Pas encore, désolée, je...

— Ce n'est pas grave, je vais vous expliquer. J'ai rappelé mon ami, la suite nous attend, et j'ai tout prévu ! Samedi soir, plateau de fruits de mer. Vous aimez les fruits de mer, Lucie ?

— Oui...

— Et ensuite, je vous emmène, devinez où ? Au casino ! On va s'amuser comme des petits fous ! C'est grandiose, hein Lucie ?

— Oui, oui, sûrement mais...

— Au fait, il y a un petit détail à régler avant. Je n'ai pas encore reçu ma nouvelle carte de crédit. Les lenteurs administratives françaises, vous voyez ce que je veux dire !

Il part d'un grand rire de gorge avant de continuer.

— Évidemment, j'ai clos mon compte au Canada, ne serait-ce que pour faire virer mon argent dans ma banque parisienne. Donc me voilà avec mes comptes pleins, et sans carte de crédit !

— Oh, mon pauvre Henri, c'est vrai, aujourd'hui on ne peut plus rien faire sans carte bleue. Je disais l'autre jour à mon amie Évelyne...

— Oui, alors, si ça ne vous ennuie pas de me donner votre numéro de carte, pour la réservation, je rappelle tout de suite l'hôtel. Évidemment, vous ne serez pas débitée. À notre arrivée, je paierai le séjour en liquide.

Je reste muette.

— Qu'y a-t-il, ma douce ? Un problème ?

Je pense très fort à Kylie et à ses paroles sensées, que je reprends presque mot pour mot :

— Non, pas du tout. J'ai très envie de passer ce moment avec vous mais pas maintenant. Je ne suis pas prête. Attendons encore un peu, j'ai besoin de temps, vous comprenez ? J'ai besoin de vous connaître mieux.

L'espace d'un instant, je n'entends plus aucun bruit à l'autre bout de la ligne, comme si Henri avait posé le téléphone et était parti.

— Henri, vous êtes là ?

— Oui, répond-il, un « oui » sec qui claque dans mon oreille.

Je l'ai vexé. Ou fâché. Je ne sais plus quoi dire.

— C'est vraiment dommage, reprend-il, j'ai tout organisé. Mon ami nous attend, c'est une offre qu'il ne pourra malheureusement pas renouveler.

Que répondre à ça ? Je m'apprête à lui dire d'accord lorsque je m'imagine soudain seule dans une chambre, avec lui. Je n'ai plus l'audace de la jeunesse, je ne suis pas Anastasia, vraiment pas.

— Je suis désolée, mais mon mari est parti très récemment, j'ai vécu avec lui toute ma vie et...

— Ne vous inquiétez pas, je comprends, on remettra ça.

— On peut se voir ici, en attendant. Voulez-vous qu'on aille au musée, au cinéma ?

— C'est à mon tour d'être désolé, Lucie, je suis très pris, ces jours-ci, des tas de rendez-vous. Je crois qu'il vaut mieux que je vous rappelle un peu plus tard.

Son ton est froid. Je n'en reviens pas. Qu'est-ce que j'ai dit de mal ?

— Au revoir, Lucie.

Et il raccroche.

Il est blessé parce qu'il pense que je n'ai pas confiance en lui, c'est ça ? Que je ne veux pas lui confier mon numéro de carte ? D'un autre côté, est-ce bien raisonnable, en fait ? Et puis Henri n'a pas l'air de se rendre compte que tout le monde n'est pas riche comme lui. S'il oubliait encore de payer l'hôtel ? Impossible. Enfin, c'est Henri, quoi ! J'aurais dû lui dire oui, allons-y, vivons l'aventure ! Et si je le rappelais tout de suite pour rattraper le coup ?

Émile n'a pas l'air d'accord.

— Oh, arrête de me regarder comme ça, toi aussi !

Furieuse contre Émile, contre Henri et aussi contre moi, perdue, troublée, j'enfile mon manteau et pars retrouver mes amies au Wepler.

Je m'apprête à ouvrir ma porte lorsque quelqu'un sonne. Guy Lefort. Encore lui. Cette fois, il n'est pas avec son horrible clébard. Et il n'est pas en survêtement ! Il porte un jean bleu propre, tellement impeccable qu'il a dû le repasser, une doudoune bleu marine ouverte sur un veston de la même couleur, une chemise blanche et une cravate bariolée aux couleurs du drapeau français. Un peu spécial, comme assortiment, et très patriote, tout ça.

— Madame Leblanc, je reviens vers vous au sujet de votre canapé. Au nom du conseil syndical que je préside, comme vous le savez, il devient urgent que vous agissiez. Sinon nous serons dans l'obligation de le faire enlever.

— Vous plaisantez ? Ce sofa a de la valeur, il est ancien, vous voyez bien !

— Oui, je comprends bien mais...

— Non, vous ne comprenez pas. Je vivais dans un beau cinq pièces dans le 17e, avec mon mari, et maintenant je suis veuve et je suis obligée d'habiter ici, dans cet appartement misérable ! dis-je d'une voix qui monte et tremblote à la fois.

Sans le vouloir, j'ai produit mon petit effet. Guy Lefort a les yeux écarquillés et paraît désorienté.

— Oh, je ne savais pas. Je suis désolé, madame Leblanc. Je vais vous laisser tranquille, ne vous inquiétez pas, on attendra.

— Merci.

— Et puis vous avez de la chance, votre voisin d'en face, M. Lefeuvrier, m'a assuré que ça ne le dérangeait pas quand je suis allé lui en parler.

Je verrouille ma porte et descends l'escalier. Arrivée sur le trottoir, je pars sur la droite, Lefort me suit.

— Vous allez vers Laumière ? me demande-t-il en marchant à ma hauteur.

— Oui, je vais prendre le métro.

— Je vous accompagne, si ça ne vous embête pas. Comme ça on fera un peu mieux connaissance, ça brisera la glace. Moi, je continue à pied, après.

Il me sourit et sort de sa poche un paquet de cigarettes.

— Alors là c'est non, je n'ai pas envie de me prendre votre fumée dans la figure.

— Oh, pardon ! J'aurais dû vous poser la question.

Il range son paquet.

Après avoir tenté de m'amadouer avec ses remarques stupides sur la météo, il prend un air à la fois gêné et mystérieux.

— Je peux vous confier quelque chose ?

— Dites toujours.

— J'ai rendez-vous avec une femme.

— Vous n'êtes pas marié, à votre âge ?

— Non, divorcé.

— Et donc vous avez une petite amie.

— Non, c'est un premier rancard. Comment vous me trouvez ?

Je me tourne vers lui et, comme avec la gardienne, je le scrute de bas en haut.

— Mon avis ne vous sera d'aucun secours. Ça dépendra plutôt de celui de la jeune personne en question.

— Sincèrement, vous qui êtes une femme de goût, je présente bien, vous trouvez ?

— Vous avez l'air plus net que la dernière fois que je vous ai vu.

— Il faut que je vous dise, je n'ai pas tellement de chance avec les femmes.

— Vous m'étonnez beaucoup, je réplique d'un ton un peu trop ironique.

— Je passe pas mal de temps sur des applications de rencontres. J'arrive à décrocher un premier rendez-vous, mais ensuite, terminé. Je ne réussis jamais à en obtenir un deuxième. Je ne sais pas pourquoi.

— Elles ne vous expliquent pas ?

— Non, après elles ne me répondent plus. Qu'est-ce qu'elles ont toutes, ces bonnes femmes ?

Je m'arrête et le fixe droit dans les yeux. Son côté stupide et pathétique me fatigue. Surtout après l'avoir écouté pérorer tout à l'heure, avec son histoire de conseil syndical. Et encore plus aujourd'hui, où je suis dans tous mes états.

— Monsieur Lefort...

— Guy.

— Guy, posez-vous les bonnes questions.

— Comment ça ?

— C'est peut-être vous le problème, pas les « bonnes femmes », vous captez ?

Je le plante là et m'engouffre dans le métro.

J'ai presque un quart d'heure de retard lorsque j'arrive au Wepler. Martha est seule.

— Où est Évelyne ?

— En retard, comme toi.

Plus les années passent, plus Évelyne, qui a toujours été ponctuelle, montre des signes de désorganisation. Elle m'angoisse un peu, parfois.

— On commande un verre en l'attendant ?

— Pourquoi pas. Lilian, mon petit ?

— Et un pour Évelyne, ça la fera venir. Tiens, regarde, la voilà !

Évelyne, échevelée, l'air paniqué, s'approche de nous.

— Je ne trouvais plus mon chemin ! Ils ont changé le nom des rues, c'est incroyable de faire une chose pareille ! Je vais aller me plaindre à la mairie. Heureusement que j'ai trouvé un taxi, il m'a amenée jusqu'ici.

— Tu es sortie sans manteau ?

— Non, je crois que j'en avais mis un… Oh flûte ! J'ai dû l'oublier dans le taxi.

Martha et moi échangeons un regard inquiet. Évelyne est de plus en plus étrange, de plus en plus perdue.

Seule Martha est en forme, aujourd'hui. Elle passe beaucoup de temps avec un groupe de prière et ils ont prévu une retraite dans un couvent. Martha a une méthode bien à elle pour garder le moral. Pendant tout le déjeuner, elle nous rebat les oreilles au sujet de la religion, de notre âme, de notre beauté spirituelle…

En tout cas, moi, je rentre chez moi encore plus déprimée. Je n'ai même pas eu envie de parler d'Henri à mes amies. Elles n'auraient rien compris, elles n'auraient pas su me conseiller ou m'apporter leur soutien.

La gardienne est en train de faire briller les cuivres de la porte d'entrée, qu'elle me tient grande ouverte.

— Vous avez une petite mine, madame Leblanc, aujourd'hui.

Je suis au fond du désespoir, mais ce n'est pas devant elle que je vais l'admettre. J'ai consulté mon téléphone toute la journée en espérant un appel, un message d'Henri. Rien. Silence radio.

— Entrez cinq minutes, j'ai une bonne boisson chaude qui va vous requinquer.

Aller chez la concierge pour partager une infusion avec elle ? Pour qui se prend-elle ? Je m'apprête à la remettre à sa place lorsque je pense à mon appartement sinistre et à la solitude qui m'attendent un étage au-dessus.

— Merci, madame.

— Je vous l'ai dit, je m'appelle Aimée.

— Joli prénom.

— Venez vite, on va se réchauffer !

Me voilà dans sa loge, un endroit minuscule où il fait bien chaud. La gardienne me fait asseoir sur un canapé confortable en cuir blond dans lequel je m'enfonce avec bonheur. J'observe la pièce : devant le canapé, une table basse ancienne et deux tabourets, tous en bois sculpté ; accrochés aux murs crème, des tableaux de paysages probablement africains ; le coin cuisine où s'affaire Aimée – une minuscule table qui doit servir de plan de travail, un petit réfrigérateur, une cuisinière – est d'une propreté irréprochable ; enfin, un rideau en perles qui doit conduire à la pièce d'eau. Et c'est tout. Je me fais l'étrange réflexion que, si la loge est bien plus petite que chez moi et malcommode, je préférerais rester ici que dans mon appartement. Il y a un côté chaleureux, charmant, aussi. Tout l'inverse de chez moi. Il faudrait peut-être que je songe à aménager. Parce que, au fond, je suis bel et bien coincée à vie dans ce trou.

Aimée me rejoint avec un plateau et s'assoit sur l'un des tabourets. Elle pose devant moi un mug et me tend le sucre.

— Goûtez et dites-moi si ça vous plaît.

La boisson fumante est d'une belle couleur pourpre et dégage une puissante odeur fruitée. J'y trempe prudemment les lèvres. Parfumé, un goût acidulé...

— C'est bon ! Qu'est-ce que c'est ?

— De la fleur d'hibiscus. Ça vous plaît ?

Je hoche la tête.

— Merci, j'en avais besoin. C'est joli, chez vous.

— Merci, madame Leblanc. Des biscuits ? propose-t-elle en me tendant une petite assiette. Je les ai faits moi-même. Gingembre et anis.

— Vous me gâtez ! dis-je, la bouche pleine.

— Ce n'est rien, juste une boisson chaude et des biscuits ! réplique Aimée en me décochant un sourire lumineux.

Je ne sais pas pourquoi, je lui rends son sourire. Puis je reprends mon sérieux. Je n'ai aucune raison de me réjouir, non ?

— J'ai cru comprendre que vous aviez subi la perte de votre mari, récemment. Ça doit être très dur…

— Oui, Émile était tout pour moi.

— Vous avez des enfants qui vous soutiennent ?

— Oh, bien sûr ! Mélanie et Philippe. Mais ils sont très occupés, vous savez, ils ont des postes à responsabilité. Pas de temps à perdre à me tenir la main… D'ailleurs, dans la famille, on n'est pas du genre à s'apitoyer sur son sort.

— Pourtant, la famille, c'est important, intervient Aimée.

— C'est vrai. Mais je n'ai pas envie de déranger mes enfants tous les quatre matins. Je ne veux pas être un fardeau, vous comprenez ?

Aimée hoche la tête mais je sens que mes efforts pour l'embrouiller et faire bonne figure ne prennent pas. Je sens aussi qu'elle s'apprête à répliquer. Cette conversation ne sert à rien si ce n'est à m'embarrasser. Je n'ai fait que lui mentir et je n'appellerai jamais mes enfants. De toute façon, est-ce qu'ils décrocheraient ? Pas sûr.

— Tiens, qu'est-ce que c'est que ça ? je lui demande en apercevant d'étranges coquillages blancs dans une pochette ouverte.

— Ah, ça, ce sont mes cauris, répond Aimée d'un air réjoui. Mon héritage...

— Ça a donc tant de valeur que ça ?

— Pas celle à laquelle vous pensez. Je suis d'une famille de médiums, comme on dit chez vous, et je peux prédire l'avenir avec ces coquillages.

— Pas possible ! dis-je en riant.

— Je suis très sérieuse, madame Leblanc, mais je comprends votre scepticisme. Ici, en France, on est plus habitué aux tarots et aux boules de cristal.

— Moi, je ne crois en rien. C'est comme ça, je suis très cartésienne. Et c'est où, chez vous ?

— Je suis originaire du Sénégal. Mais je suis française depuis longtemps. Je suis arrivée ici à l'adolescence avec mes parents et mes frères et sœurs. C'est ma grand-mère, qui était une guérisseuse, qui m'a donné ces cauris. Pour elle, c'était sa façon de me transmettre son pouvoir.

Je pense tout à coup à la bague précieuse que ma grand-mère m'a léguée et me dis que j'ai sacrément gagné au change. Au moins, sur ce point, j'ai eu de la chance.

— Et vous lisez l'avenir aux gens avec ça ?

— Eh oui ! dit-elle avec entrain.

— Et ça gagne bien ? je demande, un brin méprisante.

Pour moi, tous ces gens sont des charlatans.

— Je ne me fais pas payer ! C'est un don. Ça ne se monnaye pas.

Je n'en reviens pas.

— Mais à quoi ça vous sert ?

— Disons que c'est plutôt moi qui suis au service de ce don. Et puis les gens peuvent me donner ce qu'ils veulent s'ils sont contents.

— Aimée, vous me surprenez. Bon, dis-je en me levant, je vous remercie, vous m'avez requinquée !

Elle ouvre la porte de sa loge et je sors. Soudain, j'ai peur que quelqu'un me voie sortir de chez la gardienne. Un réflexe dû à mon ancien standing. Heureusement, le petit hall est désert.

— Madame Leblanc ! appelle Aimée alors que je franchis la porte vitrée. Surtout ne restez pas seule, appelez vos enfants !

Je lui fais un petit signe d'au revoir sans répondre.

Une fois chez moi, je m'affale dans mon fauteuil pour retirer mes chaussures. Quelle journée déprimante ! Entre ma conversation pénible avec Henri et le déjeuner avec mes deux copines dont l'une devient gâteuse et l'autre ne pense plus qu'à ses bondieuseries... Je dois bien admettre que mon seul moment positif, c'était ma visite chez la concierge. Qui l'aurait cru ?

J'attrape la télécommande de la télé posée sur une pile de cartons me servant de tablette et l'écran s'allume. Pour s'éteindre aussitôt. J'ai beau appuyer quinze fois sur le bouton, rien n'y fait. Il reste noir. Pourquoi est-ce que le sort s'acharne contre moi ? je peste en m'adressant à Émile.

Je me lève, époussette le cadre et attrape la romance qui est posée à côté. Il ne me reste plus qu'à lire pour échapper à ma sinistrose.

8

Dimanche matin, je décide de me prendre en main. Pour commencer, promenade aux Buttes-Chaumont : j'ai besoin de me dégourdir les jambes et de m'aérer la tête. Ensuite, j'ai l'intention d'appeler Henri qui n'a pas donné signe de vie et de mettre un terme à toutes les incompréhensions qui nous empêchent de nous retrouver.

L'hiver est toujours là, la plupart des arbres sont encore nus, mais j'aperçois les premiers signes du printemps. Partout des bourgeons, déjà quelques rares fleurs. J'emprunte les petites allées pour éviter les troupeaux de gens qui courent en vous fonçant dessus et pour ne pas céder à la tentation de faire quelques croche-pieds. Me souvenant du plaisir que j'avais eu à contempler la vue depuis le belvédère, je grimpe jusque là-haut et, pour la première fois depuis que je vis dans ce nouveau quartier, je me sens détendue. J'observe les humains miniatures qui se déplacent tout en bas dans le parc, la mairie qui est, je dois l'avouer, bien plus belle que celle du 17e arrondissement.

J'ai les pieds gelés. Normal, je refuse de porter ces horribles baskets que tout le monde a adoptées, même Évelyne et Martha. Mes mocassins et mes mi-bas ne font pas le poids face à la température minimale de cette matinée. Je rentre en empruntant le pont qui enjambe le lac. Quelle drôle de sensation d'avancer, suspendue, sur ces lattes de bois qui bougent et qui vibrent ! Je ris toute seule comme une gamine.

Et puis soudain je pense à mon appel. Mon estomac se noue. Allez, Lucie, du cran !

Une fois chez moi, je m'installe dans la cuisine, la seule pièce de cet appartement qui, malgré sa couleur psychédélique, ait l'air normale. Pour cause, il n'y a aucun carton, aucun meuble inutile posé n'importe où, juste une table et deux chaises. Et puis hors de question de m'asseoir dans mon fauteuil, face à Émile, pour parler à Henri.

Il répond !

— Henri, comment allez-vous ? C'est Lucie.

— Oui, Lucie, je sais, votre nom s'est affiché.

— Oh… Oui, évidemment !

— Comment allez-vous ?

Son ton est plutôt amical et, rassurée, je continue.

— Très bien. Mais j'avais peur de vous avoir contrarié.

— Et pourquoi ça ?

— Je crois que vous m'avez mal comprise, Henri. J'ai très envie de partir en week-end avec vous, mais avant, je voudrais qu'on passe plus de temps ensemble ici.

— Je comprends. Pardonnez-moi si je vous ai semblé contrarié, j'étais sûr que ma proposition vous rendrait folle de joie, et je n'attendais qu'une chose : venir vous chercher et vous emmener. Mais bien sûr, je me suis emballé un peu vite. Je suis tellement impétueux… on me le reproche souvent, d'ailleurs.

— Ça vous dirait qu'on dîne tous les deux, ces jours-ci ?

— Ce soir, si vous êtes libre !

Mon cœur fait une embardée. Henri met mes nerfs à rude épreuve, avec sa fougue.

— Avec grand plaisir.

— La Coupole, 20 heures, ça vous va ?

— C'est parfait.

— Je réserve une table.

— Merci, Henri.

— À tout à l'heure.

Je viens juste de sortir de chez moi pour me rendre au dîner lorsque mon téléphone sonne. C'est Henri.

— Lucie, ma douce, vous n'êtes pas encore partie ?

— À peine.

Profond soupir d'Henri.

— Un problème ? je demande, inquiète.

— Un client me supplie de passer le voir de toute urgence. Il a fait un mauvais investissement sans m'en parler et il est catastrophé. Il faut que j'y aille, je dois tenter de le rassurer, vous comprenez ? Je suis désolé, Lucie, je vais devoir annuler. Ah, quel métier !

— Je comprends. Bien sûr, je suis très déçue de ne pas vous voir, mais je suis si fière de vous !

— Je vous rappelle après, pour avoir la joie de vous entendre et pour reprogrammer notre rendez-vous. *Ciao, bella !*

Il a raccroché.

Je suis en train de lire au lit lorsque Henri me rappelle juste avant 22 heures et s'excuse de me téléphoner si tard. Je le rassure, je me couche rarement avant 23 heures et je n'aurais jamais pu m'endormir avant son coup de fil. Il me parle de son client, qui vit à Neuilly dans un triplex avec piscine et terrasse, et qui est un grand collectionneur d'art ; il m'explique comment il vient de le sauver d'une perte de près de cent millions d'euros, même si, ajoute-t-il, ce n'est pas grand-chose pour lui. Tout cela me dépasse, mais Henri est intarissable et je suis heureuse de l'écouter.

Il me raconte plein d'anecdotes croustillantes sur ses clients, son métier, ses voyages d'affaires, puis il s'interrompt avant de déclarer :

— Mais je vous fatigue avec toutes mes histoires.

— Bien sûr que non ! C'est si nouveau pour moi.

— Ma douce, comme vous me manquez. J'aimerais tant être auprès de vous.

Je baisse les yeux et les pose sur mon livre, avec sa couverture flashy, sur laquelle deux silhouettes s'enlacent pour échanger un baiser lascif, et je me sens toute chose.

— J'espère que je vous manque aussi ? continue-t-il.

— À un point !

— J'ai beaucoup pensé à nous deux, ces derniers jours. Je vous avais parlé de Deauville, mais ce n'est rien en comparaison de ce que je prévois. Je vais vous emmener dans des endroits bien plus fabuleux ! Et vous savez pourquoi ?

— Non, dis-je en m'enfonçant dans mes oreillers, au bord de l'extase.

— Parce que vous le méritez ! Et parce que je vais bientôt pouvoir réaliser vos rêves les plus fous ! Honnêtement, Lucie, je suis trop doué dans mon travail. Et il est très, très lucratif.

Sur ce, il éclate de rire.

— Oh, Henri, vous êtes prodigieux !

Il reprend son sérieux.

— D'ailleurs, n'oubliez pas, Lucie, je suis là en priorité pour vous. Si vous avez besoin de conseils financiers, je suis à vos ordres ! Pour vous, je ferai mon maximum, et bien sûr, gratuitement !

Ses paroles me ramènent brutalement à la réalité de ma situation. Lui qui me faisait fantasmer sur des triplex et des millions d'euros…

— Après tout, j'aide des inconnus à s'enrichir à longueur de journée, ce serait la moindre des choses que je le fasse aussi pour les personnes qui me sont chères. Ça vous dirait, ma douce Lucie, que je vous guide dans vos finances ? Que je vous dise comment les faire fructifier ?

Sans attendre de réponse, Henri, exalté, poursuit :

— Tiens, par exemple, à combien chiffrez-vous votre patrimoine ? Est-ce que vous avez un portefeuille d'actions ? Parce que rien qu'avec ces infos je peux vous donner une idée du bénéfice que je vais pouvoir vous faire faire. Si je m'occupe de vous, votre fortune est assurée !

Et là, j'éclate de rire. Mon patrimoine ! Mon portefeuille d'actions ! Pourquoi pas mes investissements offshore, pendant qu'on y est ?

— Oh, mon cher Henri, ce n'est pas avec moi que vous allez pouvoir exercer vos talents ! Maintenant que nous sommes si proches, je peux vous avouer quelque chose que je n'ai dit à personne : mes enfants m'ont ruinée, je n'ai plus rien. Plus rien du tout ! Sauf la petite retraite de mon mari.

— Nom d'un chien, c'est pas vrai ! s'écrie-t-il.

— Heureusement, maintenant, je vous ai vous. Un peu d'amour dans ce monde de brutes, c'est tout ce qui compte, n'est-ce pas ?

Toujours sous le choc, le pauvre Henri ne dit rien, et j'ajoute :

— Je sais, c'est affreux, mes enfants sont des monstres, mais ne vous inquiétez pas pour moi, je m'en remets très bien. Et c'est surtout grâce à vous.

Aujourd'hui, après être passée à la bibliothèque, où j'ai pris trois romances et un essai sur la décolonisation (que je laisse dans mon entrée pour ne pas l'oublier quand j'irai rendre les autres livres), je m'installe dans ma cuisine pour lire. L'héroïne est chirurgienne, lui est un chanteur célèbre, ils n'étaient pas faits pour se rencontrer et se détestent déjà. J'hésite à passer le début (on est d'accord, c'est toujours la même histoire) pour arriver aux scènes plus coquines, quand j'entends qu'on gratte à ma porte. Sigmund ? Les matous du rez-de-chaussée ?

J'ouvre brutalement le battant pour les effrayer, mais je me retrouve nez à nez avec Hyppolite. Ce gamin me fait pitié, et j'ai honte de lui avoir fait parler de sa mère décédée l'autre jour.

— Qu'est-ce que tu trafiques avec ma porte ?

Il ne répond pas mais me fixe, bouche ouverte.

— Quoi ? Tu es encore tout seul chez toi ?

Il hoche la tête.

— Tu veux entrer ?

Hyppolite hausse les épaules et se précipite à l'intérieur. Visiblement, il n'attendait que ça. Je suis sûre que sa sœur est dans leur appartement mais je n'ai pas le cœur de le laisser tout seul sur le palier à bricoler la minuterie.

— Oh dis donc ! c'est le bazar, chez toi ! me dit-il (en me tutoyant mais je me sens d'humeur magnanime). C'est grave bien pour jouer à cache-cache ici.

— Si tu arrives à passer entre la commode et le guéridon, on pourra atteindre la cuisine. Il y a plus de place, et de quoi boire et manger. Tu as faim ?

— Ça dépend. Tu as des Kinder Bueno ?

Je soupire.

— Je ne sais même pas ce que c'est.

— Oh, grogne-t-il, très déçu. Mon père refuse de m'en acheter, mais normalement il y en a chez tous les autres gens.

— Sauf chez toi et chez moi, désolée. Mais j'ai du chocolat, du pain, des biscuits..., dis-je en fouillant dans mes placards. Tu veux un chocolat chaud ?

— D'accord. Et du chocolat. Avec du pain. Que s'il est blanc, sans croûte et pas avec des graines.

— C'est tout ?

— Oui. Je te remercie, madame.

— Appelle-moi Lucie, tant qu'à faire. Pour le pain, je n'ai que de la baguette, ça ira quand même ?

Hyppolite hésite, puis il hausse les épaules.

— D'accord. Merci, Lucie.

Je fais chauffer le lait et dispose deux bols que je remplis de poudre chocolatée. Puis, assis tous les deux face à face, nous prenons notre goûter. Dans une autre vie, celle où j'aurais été une meilleure mère, et mes enfants des êtres moins ignobles, j'aurais pu avoir l'un de mes petits-enfants en face de moi, au lieu de ce gamin improbable dont je ne connais même pas la famille.

Une fois qu'il a terminé son goûter, il met son bol dans l'évier puis se nettoie les mains.

— Pourquoi tu es toujours toute seule ? me demande-t-il à brûle-pourpoint.

— Mon mari n'est plus de ce monde.

— C'est parce qu'il était très vieux comme toi ? Tout le monde de ton époque est mort ?

Je pars d'un rire nerveux.

— Pas du tout, mon petit Hyppolite, j'ai des enfants, des petits-enfants qui ont à peu près ton âge.

— Et ils s'appellent comment ? C'est des filles ou des garçons ?

— Deux filles et un garçon. Et ils s'appellent... euh...

Bon sang, je deviens comme Évelyne, j'ai un horrible trou de mémoire ! Il faut dire que même avant la mort d'Émile on se voyait tellement rarement...

— Mais et toi, tu vas mourir bientôt ?

Ce gosse aurait vraiment besoin d'un psy ! Qu'est-ce qu'il est déprimant.

— Viens, on va regarder la télé.

Ce n'est qu'une fois dans le salon que je me souviens. La télé ne marche pas.

— Il faut demander à Guy, m'explique Hyppolite. Mon père est grave nul en bricolage et il lui demande toujours de l'aider.

— Bon, Hyppolite, il est tard. Il faut vraiment que tu rentres chez toi, ta famille va s'inquiéter.

Je le guide jusque vers l'entrée et le pousse sur le palier.

— Je te regarde, dis-je. Sonne chez toi.

Après ce qui me semble une éternité, sa sœur Manon ouvre. Elle le tire à l'intérieur sans un mot puis referme la porte.

9

Kylie me masse le crâne et, comme chaque fois, je me détends. Mais je suis de nouveau très déprimée. Henri ne m'a pas recontactée depuis notre dernier coup de fil. J'ai beau l'appeler tous les jours, il ne décroche jamais. Je laisse des messages, en vain.

— Vous pensez qu'il a eu un accident ? Qu'il est mort ? Ou alors il est retourné au Canada sans oser me le dire ?

— Ça se voit que vous n'êtes plus dans le game depuis longtemps. Il vous a ghostée, c'est tout.

— Ghostée ? Ça veut dire quoi, au juste ?

— C'est comme ça, maintenant : quand les gens ne font plus signe, c'est qu'ils vous ont largué, mais sans vous le dire. Vous pigez ?

Je suis stupéfaite. Et pas sûre de bien comprendre.

Face à mon silence, Kylie reprend ses explications.

— Avant, on était réglo, on envoyait un texto pour prévenir. Mais ça, c'est fini. Si votre Henri ne répond plus, c'est pas du tout qu'il est mort. Il est passé à la suivante, c'est tout. Faut pas déprimer, il en vaut pas la peine. Oubliez-le, faites comme lui, passez au suivant. Vous êtes sur quelle appli ?

Je me redresse et, mes cheveux mouillés envoyant des gouttes tout autour de moi, je me retourne vers Kylie.

— Comment ça, il m'a larguée ? Comment ça, je suis sur quelle appli ? Qu'est-ce que vous me racontez ?

Delphine accourt, affolée. Avant qu'elle me demande si je vais bien et que je lui saute à la gorge pour la faire taire, je l'arrête d'un regard assassin.

— Laissez-nous, j'ai besoin que Kylie m'explique.

Ma petite coiffeuse en connaît un rayon sur les relations amoureuses. Je crois que je me suis fait berner par toutes mes lectures. Visiblement, la vraie vie, ça ne se passe pas comme dans mes romances, qu'elles soient romantiques ou coquines. Et je suis horrifiée par ce qu'elle me décrit. L'amour d'aujourd'hui, ce n'est pas pour moi.

— Pourtant, il voulait qu'on parte en week-end tous les deux à Deauville, et à notre dernier rendez-vous, il me parlait de voyages, il voulait m'aider à devenir riche. Je vous l'ai dit, il est trader. Et quand je lui ai dit que j'étais... Enfin, que je n'étais pas aussi fortunée qu'il le pensait, ça l'a secoué. Il avait de la peine pour moi, ça se voyait.

Kylie m'emmène m'asseoir et, avant de mettre le sèche-cheveux en route, elle prend un air songeur.

— Vous êtes sûre qu'il en avait pas après votre argent ?

— Mais enfin, Kylie, pas du tout ! Il était désolé et c'était sincère.

— Et depuis qu'il est désolé par votre situation financière, plus de nouvelles.

— Voilà. C'est pour ça que je m'inquiète pour lui.

— Ce type est louche. Si vous voulez mon avis : bon débarras !

Il est midi, Kylie a terminé mon brushing et je me lève pour aller payer. C'est alors qu'entre un grand garçon habillé tout en cuir noir, du blouson au pantalon moulant – avec des chaînes en argent qui pendouillent à la ceinture – jusqu'aux mitaines. Son abondante chevelure cache une grande partie de son visage, mais l'unique œil que j'aperçois me paraît très éteint. C'est en voyant ses gros godillots, semblables à ceux de ma jeune coiffeuse, que je comprends. Eddie. Delphine lui adresse un petit signe de tête auquel il répond. Kylie se précipite pour prendre son blouson et son sac, attrape le garçon (il a l'air beaucoup plus jeune qu'elle, on dirait un ado attardé) par la main et sort du salon en criant :

— À toute !

Quand j'ai récupéré mon manteau et que j'ai à mon tour quitté les lieux, je commence à remonter l'avenue pour rentrer chez moi. Au milieu du trottoir, Kylie et Eddie sont enlacés, bouches collées. Je les contourne en détournant le regard, mais je ne suis pas sourde. Les gémissements et les petits bruits de claquements mouillés que font leurs lèvres me plongent dans une gêne et un dégoût indescriptibles. L'amour, c'est tellement mieux et plus hygiénique sur le papier.

Ma boîte aux lettres est pleine. Il faut dire que je ne l'ouvre presque jamais, ça me panique. Tous ces courriers qui s'accumulent... C'était Émile, avant, qui s'en occupait et je ne sais même pas quoi en faire. Arrivée chez moi, je dépose le paquet sur une pile de lettres pas encore ouvertes. Je verrai ça quand j'en aurai le courage. Ou pas. J'espère tout simplement que le monde, qui m'a oubliée depuis la mort de mon mari, va continuer de le faire et que, bientôt, l'absence de courrier suivra l'absence de coups de fil des amis et de la famille.

— Tu me manques, mon Émile, si tu savais. La banque n'arrête pas de m'écrire, et il y a toutes ces lettres à en-tête officiel qu'on m'envoie tout le temps et qui me font peur. Qu'est-ce que je dois faire ? Si Henri ne m'avait pas plaquée, il aurait pu me le dire, lui. Il aurait pu m'aider. Mais je sais bien que je suis vieille et moche et que je n'intéresse plus personne, c'est pour ça qu'il m'a laissé tomber. Si ça se trouve, toi aussi tu serais parti. Avec une femme plus jeune, bien sûr. Ils font tous ça. Ce que je me demande, quand même, c'est ce que les femmes jeunes et en pleine santé trouvent à des hommes âgés comme toi ?

Avec votre haleine de vieux chien, vos problèmes de prostate… Désolée de te le dire, mon Émile, mais tu n'étais plus très frais ni très appétissant, même pour moi. Mais Henri, lui… Lui, il me faisait fantasmer. Enfin, tout ça, c'est terminé, on dirait.

Dans le miroir posé sur la cheminée, je contemple mon reflet lugubre, mes cheveux coiffés en un carré strict et qui forment deux bandeaux gris austères de chaque côté de mes joues flasques. Je m'approche tout près de mon image, place mes mains sur ma mâchoire et tire doucement ma peau en arrière pour la tendre. Ce serait mieux comme ça, me dis-je en regardant l'effet produit.

Après un profond soupir, je me glisse jusqu'à la cuisine pour me faire un thé. Mais j'ai beau fermer le robinet, il goutte. J'en ai marre. Vraiment.

Je m'assois sur ma chaise et pleure.

Une demi-heure plus tard, mon thé bu, mes larmes séchées, je passe me remaquiller dans ma salle de bains et sors de chez moi. Je vais sonner chez Guy. Son clébard aboie sans entrain, juste pour participer, et mon voisin m'ouvre.

— Madame Leblanc, quelle surprise ! Ça ne va pas ?

— Moyen, en fait. Il paraît que vous êtes bricoleur ?

— Alors là, je suis l'homme qu'il vous faut ! dit-il en bombant le torse.

— Ma télé ne marche plus et mon robinet goutte, c'est dans vos cordes ?

— Je prends ma boîte à outils. On va voir ça.

— Si ça ne vous ennuie pas, Gordon peut rester chez vous ? Parce que chez moi, c'est...

— Oui, je sais ! Il sera mieux chez lui, mon vieux pépère. J'imagine que vous n'avez pas trouvé de solution pour votre surplus de meubles ?

Pour toute réponse, je grommelle dans ma barbe.

Guy commence par ma télé, qu'il démonte et remonte en une petite heure. C'est un vieux téléviseur, alors j'ai peur qu'il soit fichu et que je doive en racheter un. Mais non ! Il appuie sur la télécommande, et ça marche !

— Oh, vous me sauvez ! je m'écrie.

Guy est tout fier.

— On passe à la cuisine ? propose-t-il.

— Suivez-moi, je vous montre le chemin. Je peux vous offrir un verre ? Je sais que c'est un peu tôt pour l'apéro, mais il faut fêter ça, non ?

Il est 3 heures de l'après-midi et il risque de me prendre pour une alcoolique, mais la matinée a été rude.

— Ce ne serait pas de refus, je termine d'abord, me dit-il, tout sourire. Un joint à changer, j'en ai pour cinq minutes.

Pendant ce temps, je retourne dans le salon à la recherche du carton contenant les alcools. Je suis sûre de l'avoir vu près de la fenêtre, avec l'inscription « Bouteilles » tracée au marqueur.

Guy a terminé et vient me donner un coup de main. À nous deux, nous déplaçons les lourdes caisses et finissons par trouver celle que je voulais. Guy extrait la bouteille de pastis et je n'ose pas prendre celle de vodka. Nous retournons dans la cuisine et nous installons à table, devant nos verres et un paquet de cacahuètes pour éponger l'alcool.

— Et alors, ce rendez-vous de l'autre jour, ça s'est bien passé ? je lui demande.

— Elle n'a pas rappelé, comme d'habitude. Elle était mignonne, pourtant. Qu'est-ce qui ne va pas chez moi, dites ?

— Difficile à dire comme ça. Racontez-moi un peu.

— Eh bien, c'est simple, quand je l'ai vue je l'ai trouvée encore plus jolie que sur la photo. Ça m'a intimidé parce que je ne me sens pas tellement à mon avantage, vous voyez ? Je lui ai offert un verre et on est restés à parler une petite heure. Après on n'avait plus rien à se dire et elle m'a annoncé qu'elle devait y aller. J'ai compris que c'était mort.

— Mais vous avez parlé de quoi ?

— Ben, de moi, j'ai essayé de lui montrer que j'étais un type gentil, ouvert, curieux. J'ai même sous-entendu que j'avais du fric, que j'étais propriétaire de biens immobiliers, histoire de montrer que je suis quelqu'un. Pas qu'un chômeur divorcé que ses gosses ne veulent plus voir.

Il baisse la tête, vide son verre d'un trait. Le mien est déjà terminé, je l'ai bu vite fait à peine servi. Je nous verse une nouvelle tournée.

— Est-ce que vous lui avez posé des questions, au moins ? Ou vous n'avez parlé que de vous ?

Il me fixe, perplexe.

— Je vois. Elle n'a pas pu en placer une. Mais enfin, Guy, nous les femmes on a envie qu'on s'intéresse à nous, qu'on nous pose des questions, qu'on nous trouve spéciales.

Je pense à Henri, à ses yeux qui me déshabillaient ; il voulait tout savoir de moi, il me montrait que je lui plaisais…

J'observe Guy. Quel contraste. Cet air de chien battu. Il me rappellerait presque Gordon.

— Et puis il y a autre chose. On demande toujours aux femmes de se faire belles, de bien présenter, d'être minces, oui, mais rondes là où il faut. Ce n'est pas vrai ?

Guy hoche la tête, penaud.

— Mais vous, les hommes, vous nous donnez quoi, en échange ? Nous aussi on a envie d'un homme bien habillé, avec pas trop de brioche (sans vouloir vous vexer), un homme propre et net, un homme qui nous fasse rire. Il y a de la concurrence, mon petit Guy. Si vous voulez avoir votre deuxième rancard, il va falloir bosser de votre côté.

Fière de mon discours, je bois une bonne gorgée de pastis et repose mon verre avec force.

— Lucie, vous êtes formidable ! Merci. Merci pour vos conseils.

— Et pensez à renouveler votre garde-robe. Allez faire des emplettes, qu'en dites-vous ?

— Ce n'est pas mon fort.

— Vous n'avez pas un ami qui pourrait vous conseiller ? Un frère ?

— Oui, j'ai des copains, mais bon, côté look… Et j'ai un frère plus jeune, mais on ne s'est jamais entendu. On ne s'est pas vus depuis la mort de notre père, il y a de ça une éternité.

— Vous êtes comme moi, vous n'avez plus de famille. Heureusement, j'ai des amies. Et j'ai même un amoureux. Enfin, j'avais…

— Comment ça ?

La langue déliée par le pastis, je continue.

— J'ai rencontré un homme. Beau, élégant, riche, attentif, affectueux. Tout, quoi.

— Ouais, l'homme parfait, réplique Guy, dépité.

— Mais du jour au lendemain, il m'a ghostée.

Guy semble perdu.

— Il a disparu, je veux dire. Même pas un texto. Comme vous avec vos rancards. Sauf qu'on était vraiment devenus proches.

Soudain, mon chagrin rejaillit, plus fort que jamais.

— Il s'est passé quelque chose ? demande Guy.

— Non, rien. Je ne vois pas.

— C'était sûrement pas un mec bien, sinon il ne vous aurait jamais fait un truc pareil, surtout à vous, une vraie dame.

— Merci, Guy, vous êtes gentil.

— Je sais. Mais pour ce que ça m'aide. Bref. Ne vous laissez pas abattre, il n'en vaut pas le coup.

— C'est ce que m'a dit Kylie, ma petite coiffeuse. Pourtant je me sens tellement déboussolée !

— Vous allez rebondir, Lucie. Et surtout, je vous en supplie, n'allez pas chez la gardienne lui demander de vous lire l'avenir avec ses foutus coquillages.

— Ah, ça, jamais de la vie !

— Je ne sais pas ce qu'elle fait aux gens, mais il y a plein de pauvres pigeons qui viennent la voir. Quelle sorcière, celle-là !

10

— Aimée, je vous dérange ?

— Pas du tout. Ça ne va pas ?

Je jette des coups d'œil stressés à droite et à gauche, de peur de croiser mes voisins.

— Je peux entrer ?

Aimée ouvre grand sa porte et je me glisse vite fait dans la loge.

— Asseyez-vous.

— La dernière fois, vous vous souvenez, vous m'avez parlé de vos coquillages, là…

— Les cauris ?

— Voilà.

— Et ?

— Vous auriez le temps de me dire ce qu'ils racontent sur moi ?

Si Guy me voyait. Mais après tout, c'est lui qui m'a donné l'idée. Je suis tellement désespérée par la disparition d'Henri, par l'opinion catégorique que se fait Kylie de ma situation… Je ne sais plus à quel saint me vouer. Et comme justement, contrairement à Martha, je ne vais pas me mettre à prier pour soulager mon tourment, j'ai pensé à Aimée et à son soi-disant don. Je n'ai rien à perdre, n'est-ce pas ?

— Vous voulez boire quelque chose ?

— Votre infusion de l'autre jour, ce ne serait pas de refus. Et... vous avez encore vos délicieux biscuits ?

Aimée m'adresse un grand sourire.

— Attendez-moi, j'arrive.

— Ne vous inquiétez pas, on ne risque pas de se perdre de vue dans votre loge !

Je pars d'un rire nerveux, suivie par Aimée.

— Vous marquez un point, madame Leblanc.

Elle revient avec un plateau, nos deux tasses et une assiette remplie de biscuits, et s'assoit comme la dernière fois sur son tabouret, face à moi.

— Vous avez des soucis ? demande-t-elle.

— C'est à cause d'un homme...

— N'en dites pas plus.

Elle se retourne, attrape sa petite pochette posée sur une étagère et enfonce la main dedans.

— Pensez bien fort à votre question.

— D'accord. En fait, j'en ai plein.

— Alors visualisez cet homme. Vous le voyez ?

Je ferme les yeux très fort jusqu'à froncer tout le haut de mon visage. Henri, son regard vif, sa belle voix enjôleuse, ses costumes de luxe, ses cheveux gris coiffés en arrière, façon play-boy...

— Oui, très bien.

Aimée jette une poignée de coquillages.

— Ouvrez les yeux, madame Leblanc, c'est bon.

Tandis qu'elle scrute les cauris avec concentration, j'en profite pour la détailler. Aimée a des yeux immenses et très étirés, des cils longs et recourbés (je ne pense pas que la forte quantité de mascara qu'elle y applique en soit la seule cause), un nez assez court et bien dessiné, des pommettes hautes, une peau parfaite, un haut front bombé et un menton rond. Je me demande si elle a quelqu'un. Car j'avoue, c'est une bien belle femme et je ne m'en étais pas rendu compte. Je crois que je ne l'avais jamais vraiment regardée. Quel âge peut-elle bien avoir ? Elle fait jeune, mais il se dégage d'elle une certaine maturité… Sans prévenir, elle redresse la tête et remarque sûrement que je la dévisage.

— Alors ? je lui demande.

— J'ai une bonne et une mauvaise nouvelle. Je commence par la mauvaise, si vous voulez bien.

— C'est vous qui décidez.

— Cet homme vous a quittée, et c'est définitif.

Je glapis en m'effondrant sur son canapé.

— La bonne nouvelle, c'est qu'il est dangereux. Vous l'avez échappé belle !

— Dangereux ? Mais comment ? je demande, désorientée.

Aimée soupire, regarde ses coquillages.

— Il est malhonnête.

— Oh, non ! Pourtant, Kylie me l'avait dit.

— Kylie ?

— Ma coiffeuse.

— Elle l'a rencontré ?

— Non, je lui avais parlé de lui. C'est une petite jeune, mais elle a du plomb dans la cervelle. Enfin, d'un autre côté, pour choisir les hommes, il y a encore du progrès à faire. Son Eddie, ce n'est visiblement pas le prix Nobel de l'année !

Aimée s'esclaffe puis reprend son sérieux.

— Je vous assure, cet homme n'est pas quelqu'un de bien. Il faut l'oublier, passer à autre chose. Tirer un trait.

Brusquement, je me sens découragée, triste. Encore plus triste qu'avant, parce que les paroles d'Aimée sonnent à mes oreilles comme une sentence, elles m'enlèvent tout espoir de revoir Henri. Je n'aurais jamais dû venir ici. J'aurais préféré ne pas savoir, espérer encore.

— Madame Leblanc ?

Je lève les yeux vers Aimée. À cause d'elle, mes rêves de bonheur s'arrêtent ici, maintenant. Ma tristesse fait place à de la colère. Contre Aimée. Et puis je réalise qu'elle n'y est pour rien. C'est Henri qui s'est moqué de moi avant de m'abandonner. C'est moi qui suis tombée dans le panneau.

— Vous êtes sûre qu'il ne va pas me recontacter ?

— D'après les cauris, non, mais allez savoir… Ce n'est pas infaillible. Pourtant, ce serait mieux pour vous qu'il disparaisse de votre vie. Vous êtes sous le choc, hein ?

— Oui, plutôt.

— Allez, venez, on va aller faire un tour, vous avez besoin de vous aérer et de marcher un peu, et moi aussi. J'ai fini ma journée et il fait trop beau pour rester à l'intérieur.

Nous faisons une longue promenade sur les quais qui mènent à la Villette. Je n'étais jamais venue par ici et je découvre un aspect de Paris que j'ignorais : des péniches colorées bordent le canal, des ponts l'enjambent, dont l'un qui se soulève pour laisser passer les bateaux. Du côté de Jaurès, m'assure Aimée, il y a une écluse qu'elle me promet de me montrer la prochaine fois.

La voie pavée que nous suivons est dédiée aux piétons, et nous marchons au milieu des vélos, des rollers et des trottinettes. Même si je vois tout en noir, aujourd'hui, je me rends bien compte que cet endroit a un aspect joyeux, jeune et familial. Tout ce que je ne suis pas, en fait.

Aimée me prend le bras et je me laisse faire.

— De toute façon, vos cauris, on n'est pas obligé d'y croire.

— Absolument. Mais promettez-moi quelque chose, madame Leblanc.

— Oh, appelez-moi donc Lucie, maintenant que je vous ai raconté mes secrets.

— D'accord, Lucie. Si cet homme revient dans votre vie, soyez prudente et venez m'en parler, d'accord ?

— Vous allez lui faire quoi ? Lui jeter un sort ?

Aimée éclate de rire.

— Vous riez toujours aussi fort ? je lui demande. Parce que là, à mon avis, on vous entend jusqu'à la mairie !

— Désolée, je suis comme ça ! réplique Aimée, toujours hilare.

— Non, non, j'aime bien, au fond. C'est communicatif.

Aimée m'emmène jusqu'à la Villette. Là, nous montons sur un pont qui domine le canal. À ma gauche je distingue la Géode, où se reflètent les nuages, à droite des bâtiments en métal rouge. L'eau est verte, le ciel gris acier, le spectacle est surprenant.

— Mais vous, Aimée, vous êtes mariée ?

— Et où est-ce que je rangerais mon mari, dans mon petit chez-moi ? dit-elle en riant de nouveau. Non, Lucie, je suis divorcée. Ça fait longtemps, maintenant.

— Et vous n'avez pas envie de rencontrer quelqu'un ? Vous n'êtes pas mal, vous savez ?

— Oh, merci, vous allez me faire rougir.

Je l'observe, dubitative.

De retour chez moi, légèrement apaisée mais épuisée, je vais m'étendre sur mon lit. Je sombre alors dans un sommeil peuplé de rêves désagréables où Henri, Kylie, Aimée et, allez savoir pourquoi, Sigmund et Gordon, se partagent la vedette. Soudain, on sonne à ma porte et je me redresse dans mon lit, affolée. On sonne de nouveau. Avec insistance. À moitié réveillée, je m'extirpe de sous ma couette. Maintenant, quelqu'un tambourine sur le battant et m'interpelle.

— Madame Lucie Leblanc ? Vous êtes là ?

Quelle surprise, en ouvrant, de découvrir quatre personnes sur mon palier ! L'homme qui a dû toquer chez moi porte un costume sombre qui lui donne un air officiel ; contrastant totalement avec lui se tient à ses côtés un autre individu, en jean et pull à capuche, boîte à outils en main ; et derrière, un couple d'un certain âge en costume de ville.

— Mais qu'est-ce que...

— Madame Leblanc, je suis maître Royer, huissier de justice. Je viens dresser le procès-verbal de saisie. Je vais rentrer pour faire l'inventaire, me dit-il d'un ton neutre et poli, mais ferme et sans appel.

Puis il fait un pas à l'intérieur, tandis que les trois autres demeurent devant la porte ouverte.

— De quoi s'agit-il ? je demande, au bord du malaise.

Je dois avoir l'air tellement stupéfaite que l'huissier s'immobilise et m'explique :

— Je vais dresser un procès-verbal de vos biens avant leur mise en vente aux enchères. Ce qui permettra de payer votre créditeur.

— Mon créditeur ?

Il fronce les sourcils.

— Pour rembourser votre dette.

— Ah, d'accord…

Ma dette. Mais quelle dette ?

L'huissier me regarde comme si j'étais gâteuse.

— Vous comprenez, madame Leblanc ?

— Oui, monsieur, je comprends. Je dois peut-être vous appeler maître ?

— Oui, c'est l'usage, madame. Et si vous êtes en mesure de désintéresser votre créancier, je ne serai pas contraint d'enlever vos biens.

Je le fixe, perplexe.

— Bien, dit-il, allons-y.

Lorsqu'il pénètre dans le salon, il marque un temps d'arrêt en découvrant le chaos qui y règne.

— Je crois que ça va être un peu plus long que prévu, annonce-t-il en s'adressant au couple qui lui a emboîté le pas.

Puis il se tourne vers moi :

— Ces personnes sont mes témoins, m'explique-t-il. Bon, maintenant, essayons de gagner du temps, madame Leblanc : auriez-vous des objets de valeur dont vous voudriez vous débarrasser ? Livres anciens ? Bijoux ou autres ?

Je n'arrive pas à réfléchir. Ni à parler. Mes livres les plus anciens, c'est la série de *Cinquante Nuances de Grey*… Pour le reste, j'ai l'impression de ne plus me souvenir de rien. Ah, si !

— Mon mari avait une collection de timbres, mais je ne sais pas où elle est.

Il pousse un gros soupir et commence à tout inspecter, suivi par le couple qui se tient en retrait derrière lui.

Je me réfugie dans la cuisine en prenant juste mon sac à main. Que va-t-il se passer ? Est-ce parce que je n'ai jamais ouvert mon courrier ? De toute façon, qu'est-ce que ça aurait changé ? Si j'ai des dettes, je ne peux pas les payer. Vont-ils ensuite appeler des déménageurs et tout emporter ? D'un autre côté, tout est déjà dans les cartons, ça leur facilitera la tâche.

Quand l'huissier me rejoint, les battements de mon cœur s'accélèrent. Va-t-il prendre la chaise sur laquelle je suis assise ? Repartir avec ma table ?

— Ne vous inquiétez pas, madame Leblanc, on vous laisse le mobilier de cuisine. De même que vos vêtements, votre lit, vos rangements.

— Merci, c'est gentil, dis-je sans réfléchir.

— C'est la loi, vous savez. On veut juste rembourser votre créancier, pas vous enlever vos biens nécessaires. Sinon, des couverts en argent, par hasard ? demande-t-il en ouvrant les tiroirs. Ah, eh bien voilà ! dit-il en découvrant ma vieille ménagère reçue en cadeau de mariage.

— Et ma télé ? dis-je, inquiète.

— Vu son état d'ancienneté, je crois que je vais vous la laisser, dit-il en esquissant un léger sourire.

Après que l'huissier m'a tendu ce qu'il a appelé la copie du procès-verbal, mes visiteurs s'en vont enfin. Mon appartement est à peine pire qu'avant leur arrivée. Sac à main sous le bras, je m'assois sur mon fauteuil puis fouille dans mon sac à la recherche d'un mouchoir pour essuyer les larmes qui coulent, intarissables, sur mes joues. Mes doigts se referment alors sur la bague de mamie Odette, que j'ai oublié de ranger. L'espace d'une seconde, une joie folle m'envahit. Personne n'a vu la bague, personne ne connaît son existence, donc personne ne me la prendra ! Et si je peux garder ce seul souvenir de ma vie passée auquel je tiens, alors presque plus rien n'a d'importance.

Je fais le tour du propriétaire, ramasse un objet, repousse un tapis qui encombre le passage, quand soudain je l'aperçois : l'urne d'Émile. Je l'avais complètement oubliée ! Élégante, en bronze doré – j'avais mis un temps fou à la choisir, et pour cause : la dernière demeure de mon époux, tout de même. Elle est là, dans un carton ouvert qui traîne parmi d'autres dans le couloir. Je me précipite pour la prendre, l'embrasser partout et la serrer contre moi.

Je la dépose sur la cheminée, à côté du cadre.

— Nous revoilà tous les deux, mon Émile !

Avril

11

Le temps a passé et, bien sûr, je n'ai fait aucune démarche pour régler ma situation financière. Qu'ils emportent donc tout ce bazar, si ça peut résoudre mes problèmes. Enfin, au moins mes problèmes de dette.

Aujourd'hui, en fin de journée, on vient enlever mes meubles. Lorsque je me décide à ouvrir la porte, je découvre une foule incroyable sur mon palier : en tête, un homme qui se présente comme un commissaire-priseur. Il est accompagné d'un autre individu qui est visiblement un serrurier et par un deuxième en uniforme de police. Derrière eux, des déménageurs.

— Je vous ai informée par courrier que je passais aujourd'hui, annonce le commissaire-priseur.

S'il croit que je l'ai lu, son courrier ! Mais je me doutais bien qu'il viendrait. Déjà, une affiche a été placardée sur ma porte pour informer les habitants que les biens saisis allaient être vendus. Je l'ai cachée en collant dessus un dessin d'Hyppolite.

Ah, si Émile voyait ça ! Je maudis mes enfants de m'imposer une telle humiliation. Et que vont penser mes voisins ?

Je me suis de nouveau réfugiée dans la cuisine quand j'aperçois Gordon qui entre dans la pièce et fonce sur moi. Il pose son museau sale entre mes cuisses et lève ses petits yeux pour croiser les miens en couinant. J'ai horreur des chiens qui font ça ! Il est évidemment suivi par Guy, qui n'a pas l'air d'aller très bien.

— Lucie, qu'est-ce qui se passe ? Vous nous quittez déjà ?

Que c'est gênant... À cet instant le commissaire-priseur nous rejoint.

— Excusez-moi de vous interrompre, mais je ne trouve pas dans le procès-verbal le sofa qui est dans l'entrée. Il vous appartient ?

Guy le fixe et je vois passer dans son regard une lueur de compréhension, puis d'inquiétude.

— Ah, mais c'est normal que Mme Leblanc ne vous en ait pas parlé, ça fait des mois qu'on demande au voisin de retirer ce canapé du palier. Guy Lefort, annonce-t-il, je suis le président du conseil syndical. Je vais aller sonner chez M. Lefeuvrier pour qu'il vous dégage le passage.

Et il s'en va.

Je lève les yeux vers le commissaire-priseur et hausse les épaules. J'ai un petit côté Bernadette Chirac, avec mon sac à main plaqué contre moi, la bague de mamie Odette bien cachée tout au fond. Quant à Guy, je ne m'attendais pas à ça de sa part.

Cinq minutes plus tard, alors que le commissaire-priseur est ressorti, c'est au tour d'Hyppolite d'entrer.

— Tu t'en vas ? me demande-t-il sans préambule.

— Non, mon petit, ce sont mes meubles qui s'en vont. J'en avais beaucoup trop.

— Ça, c'est vrai, répond le gamin en riant. Guy a fait rentrer ton canapé chez nous, mais…

— Chut, Hyppolite, dis-je en posant un index sur ma bouche. Ça, c'est un secret.

— Ah, d'accord ! Je suis content que tu restes, ça m'a fait triste quand j'ai cru que tu déménageais.

Je me sens tout d'un coup tellement émue que j'ai envie de pleurer. Trop d'émotions.

— C'est gentil de ta part, dis-je en lui tapotant délicatement la tête. Bon, il vaut mieux que tu rentres chez toi, c'est un peu le bazar, ici… Pourquoi tu souris ?

— Ben, c'est pas pire que d'habitude !

— Hyppolite, file chez toi !

À peine est-il parti que Guy (Gordon en tête) revient. Peu après, c'est au tour d'Aimée d'entrer timidement dans la cuisine, qui commence à ressembler à la cabine des Marx Brothers. Aujourd'hui, visiblement, cette pièce minuscule est devenue le point de rencontre de l'immeuble.

Mes deux visiteurs n'ont pas l'air de s'apprécier, du moins Guy semble assez hostile à Aimée, qu'il fusille du regard. Elle qui est si charmante ! Le cas de mon voisin est encore plus désespéré que ce que j'imaginais : il n'est même pas capable de remarquer les femmes qui en valent la peine. Gordon, en mâle plus avisé, se précipite sur Aimée pour lui faire la fête comme si elle lui avait beaucoup manqué. Elle rit en le caressant tandis que Guy, agacé par la trahison de son chien, le rappelle à l'ordre, de plus en plus énervé. Gordon finit par revenir aux pieds de son maître.

— Lucie, qu'est-ce qui vous arrive ?

J'observe ces deux personnes qui se sont montrées si généreuses envers moi, des personnes qui, contrairement à celles de mon ancienne vie, ne me jugent pas. Mes émotions si longtemps contenues sont prêtes à jaillir et ma gorge se serre comme pour les contenir. Ou parce que j'ai envie de pleurer.

— Je suis ruinée, je n'ai plus rien, voilà ce qui m'arrive. Mon mari n'était pas très prévoyant. Je n'ai plus que sa petite retraite pour vivre et je suppose qu'il a dû me laisser des dettes. J'ai vécu en femme au foyer totalement ignorante de notre situation financière. Sans compter mes enfants. Je ne vais pas tout vous raconter mais en vérité on ne s'entend absolument pas.

— Mais dans un tel moment, ça n'a plus d'importance. Ils vont vous aider.

Je contemple Aimée, si sûre de ce qu'elle affirme, si persuadée que les liens familiaux sont indéfectibles.

— Non, ma chère, parce qu'ils ne m'aiment pas. Et je pense que ma mort les laisserait totalement indifférents.

— Mais non ! s'exclame Aimée, vous vous trompez !

— C'est comme ça. Et c'est sûrement ma faute. J'ai dû rater quelque chose, c'est obligé. Mais quoi ? Quand ils ont grandi, ils sont devenus si différents de leur père et de moi, on n'avait plus rien en commun, on ne se comprenait plus. Alors on s'est éloignés, au point de ne plus se voir, de ne plus se parler... C'est affreux, hein ?

— Moi, je peux comprendre, intervient Guy. Mes parents et moi, ça n'a jamais été l'amour fou. Ils m'ont envoyé en pension avant mes dix ans et ça a été la fin de mon enfance. Par contre, ils adoraient mon petit frère, ils lui ont tout donné...

Sa voix se brise. Qu'est-ce qui lui prend ? On n'est pas dans une thérapie de groupe.

— Eh bien, Guy, ressaisissez-vous ! lui dis-je.

Son éternel regard de chien battu passe de moi à Aimée. Il tente un sourire crispé.

— Je voulais juste dire que j'imagine bien ce que vous vivez. Mon frère, je ne l'ai revu qu'aux enterrements de mes parents. Et eux, de leur vivant, je ne leur ai pratiquement jamais rendu visite.

Le commissaire-priseur interrompt cette embarrassante confession pour m'annoncer qu'il a terminé. Il me laisse un papier que je m'empresse de fourrer dans un tiroir, celui qui ne compte plus que quelques vulgaires couverts en inox dépareillés.

Après son départ, nous faisons le tour de l'appartement. Je n'ai presque plus rien. Dans le salon, mon fauteuil a disparu. Ma télé, mes livres, le cadre et l'urne sont tout ce qu'il me reste. Où vais-je m'asseoir pour regarder la télé et parler à Émile ? Dans ma chambre, le lit, l'armoire et mes vêtements sont là, ainsi que ma machine à laver dans la salle de bains. Au plafond pendent des ampoules nues, à terre traînent des cartons plus ou moins vides. Cet endroit est encore plus sinistre qu'avant. Mais au moins, je peux circuler !

— Je vais aller chercher votre canapé, annonce Guy. Plus de problème pour le faire entrer, maintenant !

Aimée le regarde d'un air outré.

— Mais je blague ! En vrai, je crois surtout que Lucie va en avoir besoin.

— Je ne sais pas. On devrait peut-être le laisser sur le palier, dis-je. Hyppolite aime bien s'y installer, quand sa nounou s'en va. Et puis il y a aussi les chats…

— Il vous faut quelque chose pour vous asseoir, Lucie ! intervient Aimée. Hyppolite a tout ce qu'il lui faut chez lui. Au pire, si le sofa lui manque, il viendra chez vous ! ajoute-t-elle avec malice.

Elle a raison. Depuis quelque temps, Hyppolite aime bien venir prendre son goûter ici, et j'avoue que je ne suis pas contre.

— C'est d'accord, je le récupère.

— Je vais vous le chercher, déclare Guy. M. Lefeuvrier est là, il va me filer un coup de main.

— Je vais vous aider à ranger, propose Aimée.

— Ranger quoi ?

Aimée regarde autour d'elle.

— Les cartons vides ?

Elle repart de son grand rire et je l'imite.

— Une boisson chaude chez moi ? Vu l'heure, vous partagerez mon dîner.

— Merci, Aimée.

Guy et le père d'Hyppolite entrent, portant mon sofa.

— On le pose en face de votre télé ? suggère Guy.

Je me dis tout de suite que c'est horrible, que M. Lefeuvrier est en train de découvrir ma situation. Et puis une immense lassitude me prend. Qu'est-ce que ça peut faire, au fond ? Qu'est-ce que je peux y changer ? Rien. C'est une évidence pour moi comme pour tout le monde : je suis une pauvre vieille femme déclassée. Mais j'ai un toit et de quoi manger. Et je vais même pouvoir continuer à confier mon brushing à la petite Kylie. Parce que dorénavant, avec un peu de chance, je n'aurai plus de dettes. Avec un peu de chance… Mais sinon, comment je vais faire ?

— Madame Leblanc ? m'interpelle mon voisin de palier en venant vers moi.

— Merci pour votre aide, monsieur Lefeuvrier.

— Non, merci à vous, je crois qu'Hyppolite aime bien venir vous voir.

— Au départ, c'était plutôt mon sofa qu'il aimait.

Le pauvre me regarde sans comprendre. Ce n'est pas à moi de lui expliquer, il n'a qu'à mieux s'occuper de son fils.

— Lucie est encore sous le choc, intervient Aimée qui me tire par le bras. Je l'emmène se reposer chez moi.

Nous sortons tous à la queue leu leu pour nous retrouver sur le palier.

— Ça fait vide, maintenant, dis-je bêtement.

Je suis Aimée jusque chez elle, reprend ma place sur son canapé confortable tandis qu'elle m'observe, soucieuse.

— Il va falloir vous retaper, ma pauvre. Tenez, j'ai de la soupe pour vous réchauffer.

Plus tard, après une bonne part de tarte à la patate douce et une salade, Aimée me propose une infusion que j'accepte volontiers.

— Elle devrait vous détendre. J'ajoute une goutte de rhum, ça vous aidera à bien dormir.

— Vous me trouvez horrible, n'est-ce pas, Aimée ?

— Mais pourquoi ?

— Par rapport à mes enfants. Ce que je vous ai dit, tout à l'heure.

— Le fait que, d'après vous, ils n'ont aucune affection pour vous ? Vous exagérez sûrement un peu.

— Non, ce n'est pas ça. C'est évident que si on en est arrivés là, c'est parce que je n'ai pas su les élever… Je n'ai pas dû leur donner assez d'amour s'ils sont devenus si durs. J'ai raté quelque chose, c'est inévitable.

Aimée semble réfléchir un instant avant de me répondre.

— Je suis persuadée que c'est faux. Mais comment moi, je serais capable de vous faire changer d'avis ? Je n'ai même pas d'enfants.

— Ah bon ? Mais je pensais que…

— Que nous, les Africaines, on faisait plein de gamins ? dit-elle en souriant faiblement.

— Non, je croyais que vous m'aviez dit… En fait, on n'a jamais abordé cette question. Je suis désolée, on ne parle que de moi !

Aimée rit puis reprend son sérieux.

— Quelle opinion vous allez avoir de moi si je vous dis que je n'ai pas eu d'enfants parce que je n'en voulais pas ?

Je sursaute, stupéfaite.

— Mais il est encore temps d'en avoir !

Aimée éclate de rire.

— Enfin, Lucie, je n'ai plus l'âge !

— Je ne comprends pas, vous êtes jeune, vous...

— J'ai quarante-sept ans.

Je la regarde, les yeux écarquillés.

— C'est pas croyable ! C'est quoi, votre secret ?

Je verse un peu plus de rhum dans ma tasse tandis qu'Aimée rigole.

— Et pour quelle raison vous n'en vouliez pas ?

— Je ne sais pas. J'ai essayé de l'analyser mais ce n'est pas très clair. Peut-être parce que je suis l'aînée d'une famille nombreuse. J'ai passé mon enfance et mon adolescence à m'occuper de mes frères et sœurs. Je crois que ça m'a suffi. Quand il a fallu penser à avoir les siens, j'avais l'impression d'avoir déjà tellement donné, de m'être beaucoup sacrifiée. C'est pour ça que mon mariage n'a pas duré.

— Pourtant, souvent, les hommes sont réticents à l'idée d'avoir des enfants.

— Malheureusement, pas mon ex-mari.

— Et vous avez quelqu'un en ce moment ?

— Eh bien, Lucie, que de questions ! dit-elle en se levant.

Je comprends alors que je suis indiscrète. De toute façon, c'est l'heure d'aller me coucher.

J'y suis allée un peu fort sur le rhum. À moins que les événements de la veille ne m'aient assommée. Toujours est-il qu'il est presque midi quand je me réveille le lendemain. Hagarde, je me lève péniblement, mets le chauffage à fond dans la salle de bains et me douche. Devant le miroir embué, je distingue mes traits tirés, mes joues pâles, mes cheveux humides qui ont profité de mon inattention pour frisotter.

— Merde ! Mon rendez-vous chez le coiffeur !

Je me précipite pour attraper le premier vêtement qui me tombe sous la main lorsque je comprends que je me démène pour rien. Il est 12 h 30, mon rendez-vous était à 11 heures !

J'enfile ma robe de chambre et entre dans la cuisine. Je n'ai plus qu'à me faire à déjeuner. Mais j'ai la nausée et envie de rien.

J'envisage d'aller me recoucher lorsqu'on sonne à la porte. Oh, non ! Et si c'était l'huissier venu m'annoncer que je dois encore de l'argent ? Ou qu'il doit prendre ce qu'il me reste ? Avant d'ouvrir, je cache de nouveau ma bague dans mon sac.

Aimée et Kylie se tiennent sur le seuil.

12

— Lucie ! s'écrie Kylie. Je m'inquiétais, c'est pas votre genre de rater votre rendez-vous. C'était ma pause déj, je me suis dit que j'allais passer.

— Elle n'avait pas le code de la porte, alors elle a eu la bonne idée de toquer à ma fenêtre. Du coup, je suis montée aussi pour prendre de vos nouvelles.

Je regarde ces femmes improbables, ma coiffeuse, une grande bringue toute pâle aux yeux surmaquillés et aux cheveux bleus qui pourrait être ma petite-fille, et ma gardienne, coquette, petite et plantureuse, avec des perles enfilées dans ses nombreuses tresses, deux personnes avec qui je n'ai rien en commun et qui pourtant se sont fait du souci pour moi au point de venir me voir.

— Entrez, entrez, c'est gentil d'être passées. Vous voulez un café ?

Kylie pénètre dans le salon, observe autour d'elle, surprise.

— C'est feng shui chez vous, Lucie, je n'imaginais pas du tout votre intérieur comme ça.

— Vous êtes toujours en robe de chambre, remarque Aimée. Vous ne vous sentez pas bien ?

— Ça va, dis-je sans entrain. J'ai dû abuser du rhum et des émotions fortes, hier. Le réveil a été difficile.

Kylie est de plus en plus étonnée.

— Du rhum dans son infusion, lui explique Aimée. C'est moi qui lui en ai donné, la journée avait été rude, pas vrai, Lucie ?

Je soupire. Je ne sais pas si c'est comme ça pour tous les habitants du quartier ou de l'immeuble, mais depuis que je vis ici j'ai pu dire adieu à mon intimité. L'anonymat des grandes villes, tu parles ! J'ai l'impression de vivre dans un petit village. Kylie me regarde de ses grands yeux interrogateurs, attendant mon explication.

— Venez, on va s'installer dans la cuisine, il me reste deux chaises et un tabouret.

— Je suis venue avec mon sandwich, dit Kylie en le sortant de son cabas. Je ne serais pas contre un café.

Elle entre dans la pièce et pousse un petit cri.

— Houlà ! elle fait mal aux yeux, votre cuisine.

— C'était comme ça quand je suis arrivée. Pas eu le temps de m'en occuper.

Mes deux hôtes qui se sont invitées se pressent autour de la petite table et je mets la cafetière en route.

— Du sucre ? Du lait ?

— Du lait, si ça vous embête pas, répond Kylie. Je vais le prendre dans le frigo, asseyez-vous, Lucie, vous êtes toute blanche.

Aimée ouvre les placards à la recherche des tasses pendant que je m'effondre sur ma chaise.

— Je crois que vous n'avez plus de lait, dit Kylie.

Elle fait signe à Aimée qui la rejoint. Puis toutes les deux se tournent vers moi en faisant une drôle de tête. Quoi ? J'ai laissé un truc moisi ?

C'est Aimée qui prend la parole.

— Lucie, votre frigo est vide. Vous ne mangez pas ? Ça fait combien de temps que ça dure ?

Kylie s'approche de moi et j'ai peur qu'elle me prenne dans ses bras et me secoue comme la dernière fois, au café. Je lève les mains, paumes en l'air pour freiner son élan en répliquant :

— Tout va bien, ne vous inquiétez pas pour moi, je vais bien ! C'est juste que j'ai perdu l'appétit avec l'histoire d'Henri. Je n'ai plus envie de rien, tout me dégoûte. Sauf quand j'ai mangé chez vous, Aimée, c'était délicieux. Mais là, chez moi...

— C'est peut-être à cause de la peinture orange, intervient Kylie.

Aimée et moi, on ignore sa blague.

— C'est parce que vous vous sentez seule face à vos difficultés, explique ma gardienne. Il faut dire que la vie ne vous fait pas de cadeaux, en ce moment.

— C'est vrai, ça, vous m'avez pas raconté, qu'est-ce qui se passe ? demande Kylie avant de croquer dans son sandwich.

Aimée me lance un regard plein de sollicitude qui semble me dire : « Allez-y, confiez-vous. »

— J'ai des difficultés financières, voilà. J'ai dû... céder mon mobilier pour payer ce que je devais. D'où mon chez-moi spartiate.

Aimée se tourne vers Kylie.

— Ça s'est passé hier après-midi, c'est pour ça que Lucie est épuisée, aujourd'hui.

— Oh, ma pauvre !

— Mais je vous assure, Lucie, c'est une chance pour vous qu'Henri ait disparu de votre vie. Cet homme est mauvais, déclare Aimée.

— Ah, vous voyez ? C'est ce que je lui ai dit, le gars en voulait à son argent. Et ensuite...

Kylie s'interrompt. Jette un œil dans mon salon vide.

— Ensuite il comprend que vous êtes fauchée, et en mode il disparaît. Mais vous allez en rencontrer un autre, et il sera génial !

— À soixante-quatorze ans, vous rigolez ?

— D'abord vous ne les faites pas, et puis de nos jours, l'âge ne compte pas, vous êtes d'accord ? demande Kylie à Aimée.

— Totalement. Vous êtes une femme séduisante. D'ailleurs, ça vous va bien, les cheveux comme ça, c'est plus doux, plus naturel.

Mes cheveux ! Horrifiée, je plaque les mains sur mes bouclettes et mes frisottis.

— Qu'en pense la spécialiste ? continue Aimée en se tournant vers Kylie.

— C'est grave mieux ! Si vous êtes partante, je vous fais un brushing très souple, genre vaporeux. Vous allez être vachement belle et oublier Henri l'escroc en rencontrant un mec topissime.

Bizarrement, je me sens beaucoup mieux, maintenant. Leurs paroles, leur présence m'ont réconfortée. C'est tellement inattendu.

Kylie a fini son sandwich. Elle se lève, jette l'emballage, se lave les mains et attrape la cafetière. Elle est aussi à l'aise que si elle était chez elle.

— Quelqu'un reveut du café ? demande-t-elle.

Je secoue la tête.

— C'est bon pour moi, annonce Aimée.

— En parlant de mec, commence Kylie en se rasseyant, je vais quitter Eddie.

— C'est son amoureux, dis-je à Aimée pour lui permettre de suivre la conversation. Et pourquoi ça, ma petite Kylie ?

— J'en ai marre, il boit trop, ça me rappelle trop mes darons. Enfin, mon père, je m'en souviens pas, il est parti quand j'avais deux ans. C'est ma mère qui me l'a dit. Mais comme elle, déjà, elle passe son temps à picoler, vous pouvez imaginer.

— Je suis désolée, Kylie, vous aviez l'air de bien l'apprécier, dis-je en les revoyant s'embrasser sans aucune pudeur en plein milieu de l'avenue Laumière.

— Oui, mais l'alcool, ça me fait peur, j'ai vu les dégâts sur ma mère. Et puis sans la bouteille, j'aurais peut-être encore un père, aujourd'hui... Bon, c'est l'heure, je retourne au taf. Lucie, on fait quoi pour votre brushing ? Vous voulez reprendre rendez-vous ?

— Je passerai au salon tout à l'heure, merci, Kylie.

Aimée se lève.

— Je vais vous laisser, moi aussi.

— Non, s'il vous plaît, restez ! je m'écrie, soudain terrorisée à l'idée de me retrouver seule.

— Alors juste un peu, dit Aimée en se rasseyant, sinon je vais me faire virer par le président du conseil syndical en personne !

— Guy Lefort ? J'en fais mon affaire.

— Vous êtes sûre ? Il est tellement hautain…

— Lui ? Vous rigolez ! C'est un cœur tendre qui se fait passer pour un dur.

— Ah ouais ? répond Aimée, sceptique.

Après le départ de Kylie, Aimée m'aide à vider les derniers cartons qui me restent et se propose pour les descendre au local à poubelles.

— Qu'allez-vous faire, cet après-midi ? me demande-t-elle, un brin soucieuse.

— Ranger encore un peu et aller me chercher des livres à la bibliothèque. Ne vous inquiétez pas pour moi, grâce à vous, je vais réussir à supporter cette nouvelle journée.

— Vous savez où me trouver, dit-elle en fermant la porte.

À la bibliothèque, je feuillette tranquillement des livres pour faire mon choix. J'écarte l'histoire de la jeune femme qui vient d'être quittée par l'homme de sa vie – inutile d'en rajouter –, même si je me doute que dans son cas, le véritable amour apparaîtra très vite. Je lui préfère celle de la jeune New-Yorkaise que, nous annonce-t-on, tout oppose à son voisin, sauf leur attirance mutuelle. Il y a aussi la petite patineuse qui ne croit plus en l'amour : elle sera sur le haut de ma pile, parce que je m'identifie déjà. J'attrape un *Méditer pour les Nuls*, en songeant que je pourrais peut-être y jeter un œil. Sait-on jamais, ça pourrait me détendre.

N'ayant pas envie de rentrer tout de suite, je m'installe dans un café. Il y a beaucoup de monde, ici, des gens de tous les âges. Mais qu'est-ce qu'ils fichent là, en plein milieu d'après-midi ? Ceux de mon âge lisent le journal devant un petit verre, probablement pour passer le temps et briser leur solitude, un peu comme moi, finalement. Je me plonge dans l'histoire d'une femme et de sa grand-mère qui vont rencontrer deux beaux fermiers. Ça, c'est pile pour moi !

13

— Salut, les filles ! s'écrie Évelyne qui, comme d'habitude, est la dernière arrivée pour notre déjeuner au Wepler.

Je ne l'ai pas revue depuis la dernière fois, lorsqu'elle s'était perdue et avait oublié son manteau dans un taxi. J'ai l'impression qu'elle va bien, aujourd'hui, elle est sereine et joyeuse.

— Pas de mauvaise surprise en route ? lui demande Martha d'un air soucieux.

— Non… Qu'est-ce que tu veux dire ?

— Tu as pu trouver ton chemin ?

Évelyne écarquille les yeux, perplexe.

— C'est quoi, cette question ?

Martha et moi nous regardons. Elle ne se souvient plus.

— Oh, rien, j'interviens. Ne t'inquiète pas, Martha est bizarre, depuis tout à l'heure.

— Vraiment, ma vieille, il faut y aller mollo sur l'eau bénite ! réplique Évelyne en riant. Mais dis donc, Lucie, qu'est-ce que tu as fait à tes cheveux ? Tu as décidé d'arrêter d'aller chez le coiffeur ? me demande-t-elle en pouffant.

Je maudis Aimée et Kylie de m'avoir poussée à laisser mes cheveux onduler et frisotter. Je ne ressemble plus à rien !

— Oh, Évelyne, la reprend Martha, je trouve au contraire que c'est beaucoup mieux qu'avant. Absolument, Lucie, dit-elle en me tapotant la main, ce côté vaporeux, ça adoucit ton visage, ça te féminise.

— Ça fait surtout très négligé, insiste Évelyne.

Il faut dire que dans le genre strict, elle nous bat à plate couture. Son style est quasi militaire. Toujours en pantalon de flanelle grise, les cheveux extrêmement courts, sans un brin qui dépasse.

Après que Lilian a pris notre commande, nous entrechoquons nos verres de kir en lançant un « Santé ! » en chœur. Martha, les joues roses, explique alors qu'elle a une annonce à nous faire.

— Tu rentres enfin dans les ordres ? je suggère.

Puis, suivie par Évelyne, je me mets à glousser sans aucune retenue. C'est nerveux. Car au fond, ça n'a rien de drôle. Martha est si pieuse qu'elle pourrait très bien, un jour, décider de se retirer du monde pour se consacrer à Dieu.

— J'ai rencontré quelqu'un ! déclare-t-elle.

Mon cœur fait une embardée, mon rire se transforme en étouffement.

— C'est pas vrai ! s'exclame Évelyne, ravie.

— Et pourquoi pas ?

— Je ne sais pas, répond-elle. C'est surprenant de ta part, même si c'est plutôt réjouissant. Tu es tellement accaparée par ton église.

— Elle a quand même eu un mari et deux enfants, je remarque, désirant me montrer charitable.

— Oui, mais c'était il y a très longtemps. Toi qui es veuve depuis... Combien de temps, déjà ? Vingt ans ? Trente ans ? Pourquoi te laisser séduire maintenant par quelqu'un ?

— Ça fait vingt-sept ans qu'Emmanuel nous a quittés, répond Martha en prenant un air de circonstance.

Quand son mari est mort dans un accident de voiture, je crois que Martha, plus ou moins inconsciemment, en a été soulagée. D'abord choquée, bien sûr, puis soulagée. Leur mariage étant plus ou moins arrangé par leurs familles, Martha s'est sentie, peu après son deuil, libre pour la première fois de son existence. Même si la religion a pris de plus en plus de place dans sa vie, c'était son choix, le chemin qu'elle voulait prendre.

Évelyne et moi avons d'abord pensé que la mort de son mari l'avait brisée, qu'elle se recroquevillait sur elle-même en se réfugiant dans la religion, mais on a vite compris que c'était l'inverse : elle s'épanouissait au fil des mois. On n'en a jamais discuté avec elle – pour les convenances elle aurait nié –, on s'est contentées de lui faire des blagues. Parce qu'Évelyne et moi, on est comme ça, on aime titiller les autres et surtout notre copine de toujours, même si je suis de loin la plus vache des deux. Et Martha se résout à nous supporter avec l'abnégation d'une sainte.

— Et donc tu as rencontré quelqu'un ? Mais c'est excellent ! s'écrie Évelyne. Dans ton groupe de prière ?

— Même pas !

Elle nous regarde tour à tour avec une expression qui mêle la fierté et l'excitation.

— Au parc, figurez-vous !

— Quoi, au square des Batignolles ?

— Exactement. Il fait tellement beau, ces jours-ci, que j'y vais souvent pour prendre le soleil sur un banc. Et l'autre jour, un homme est venu me demander s'il pouvait s'asseoir à côté de moi.

— Il ressemblait à quoi ? demande Évelyne, à moitié en transe.

— Il était beau, élégant, souriant…

— Quel âge ?

— Oh… à peu près le mien. Enfin, le nôtre ! répond Martha en riant de joie, imitée par Évelyne qui bat des mains.

— Formidable ! C'est formidable ! répète-t-elle.

Je me sens totalement déprimée. Le bonheur de ma vieille copine, le fait qu'elle rencontre quelqu'un au moment où Henri m'abandonne. On dirait qu'elle le fait exprès pour remuer le couteau dans la plaie.

— Et vous allez vous revoir ? demande Évelyne.

— Je l'espère. On a échangé nos numéros.

— Il t'a peut-être donné un faux, dis-je.

Elles se retournent brusquement vers moi, interdites.

— Ben, pourquoi donc ? intervient Évelyne.

— Enfin, Lucie, c'est lui qui est venu me parler et qui a proposé qu'on reste en contact.

— Ah, ça se voit que tu ne connais pas les hommes. Tous des salauds, comme on dit.

Puis, sans m'en rendre compte, je me mets à grommeler.

Martha et Évelyne se concertent du regard avant d'éclater de rire.

— Parce que toi, tu es une spécialiste ? Première nouvelle ! réplique Évelyne, hilare. Après ton demi-siècle de mariage avec Émile ? À moins que tu nous aies caché tes nombreux amants ? Des passions torrides qui ont mal fini ?

Martha pose alors sa main sur mon bras, elle a l'air consternée.

— Oh, je suis désolée. Tu viens de perdre ton mari et je t'envoie mon bonheur à la figure.

— Tu parles, elle crève de jalousie, plutôt, hein ma Lucie ?

— Vous ne comprenez rien. Je dis ça pour toi, Martha, tu es trop gentille, trop innocente. Les hommes sont cruels, ce sont des prédateurs…

— Oh, mais qu'est-ce qui t'arrive ? lance Évelyne. Tu as lu ça dans ton dernier roman sentimental ?

Je lui jette un regard noir.

— Absolument pas. Je m'inquiète pour Martha, c'est tout.

— Promis, je ferai bien attention. Je vous tiendrai au courant, si on se revoit. Oh, j'ai hâte ! C'est étrange, aucun homme n'a fait frémir mon cœur depuis...

— Depuis Robert, en classe de troisième, je l'interromps. Je n'ai jamais compris pourquoi tu étais si amoureuse de ce garçon tout petit, plein d'acné, les cheveux gras, les...

— Eh ! Ho ! Lucie, ça va ! On a compris ! dit Évelyne.

— Au fond, je me demande même si tu ne l'as pas plus aimé que ton pauvre mari, je poursuis, impitoyable.

— Qu'est-ce qu'il ne faut pas entendre, marmonne Martha, vexée.

Je me sens un peu ragaillardie. J'ai réussi à lui gâcher son plaisir et à effacer son sourire béat insupportable.

Ma bonne humeur retrouvée ne dure pas longtemps. Je suis accablée et en colère lorsque je rentre chez moi, et me défoule sur le pauvre Émile en l'accusant de tous mes maux.

— Je déteste l'humanité, voilà ! dis-je pour conclure mon petit discours plein de rage. Je ne veux plus voir personne, tu m'entends ? Personne ! Je veux qu'on me fiche la paix.

Comme pour me contrarier un peu plus, quelqu'un sonne à la porte. Je me lève, furieuse, et ouvre brutalement.

Hyppolite est là, un grand sourire aux lèvres.

— Bonjour, Lucie ! C'est moi ! claironne-t-il, comme si je n'attendais que lui et étais folle de joie de le voir.

— Encore toi ! Tu n'as donc pas de maison ?

Il éclate de rire, je n'y crois pas.

— Ben si, c'est là ! dit-il en me montrant sa porte. Tu entends la musique ?

Je tends l'oreille. C'est vrai, on entend un violon.

— Qu'est-ce que c'est ?

— Viens, je vais te montrer. Tu es cap de prendre l'ascenseur ? C'est tout en haut.

J'entre avec répugnance dans la minuscule cabine.

— C'est Victoire, m'explique Hyppolite pendant que nous nous élevons jusqu'au cinquième. Elle habite au-dessus de chez toi mais elle joue son violon là-haut. Je crois que c'est la musique de ton époque, je me suis dit que tu aimerais beaucoup.

Ça doit dater d'au moins deux siècles, cet enfant est terriblement vexant. Mais c'est beau.

Je suis surprise de découvrir qu'une chambre de bonne a été transformée en salle de répétition, voire de concert, car j'aperçois la violoniste, une jeune femme rousse, ainsi que des chaises disposées face à elle. Guy Lefort est là, Gordon à ses pieds. Il nous salue d'un hochement de tête. Son faux air de mélomane inspiré me donne envie de lui hurler dessus.

Hyppolite me prend par la main et me guide jusqu'à un siège. Nous nous installons tous les deux pour écouter. Cette fille doit être une musicienne professionnelle, elle est douée.

Dix minutes plus tard, elle achève son morceau, ferme un instant les yeux en prenant une grande respiration, se tourne vers nous et nous adresse une révérence.

— Franz Biber, *Sonates du Rosaire, Annonciation*, déclare-t-elle en se relevant et en faisant voler ses cheveux flamboyants.

Un peu théâtral, tout ça ! Je me demande s'il y a des habitants normaux, dans cet immeuble. Des gens comme moi, en fait. Mais j'en doute.

Guy, Hyppolite et moi nous sommes levés à la fin du morceau, et elle me dévisage en souriant. Est-ce qu'elle attend que je l'applaudisse ? Heureusement, mon voisin intervient :

— Victoire, je vous présente Lucie, c'est votre voisine du dessous.

— Enchantée, Lucie ! Vous aimez le violon ?

— Oui, c'est très beau, dis-je poliment.

— Merci ! Et vous avez emmené Hyppolite ?

— Non, c'est lui qui m'a emmenée, dis-je en me tournant vers le petit garçon. Il voulait me faire plaisir, me faire écouter de la musique de mon époque, dis-je en lui souriant.

— Hum. Fin XVIIe, vous êtes bien conservée, si je peux me permettre, ajoute Victoire.

Je ne sais pas si j'apprécie tellement son humour.

— Eh bien, Guy, dis-je pour changer de sujet, vous ne travaillez jamais, vous ?

Il prend sa mine à la Gordon, qui a le don de m'exaspérer.

Victoire pose sa main sur son épaule.

— Notre Guy, c'est un peu l'âme de cet immeuble, n'est-ce pas, Guy ? Et il est propriétaire de nombreux biens immobiliers. Sachez que toutes les chambres de bonne lui appartiennent et qu'en bon mécène il me loue celle-ci pour une bouchée de pain.

— Très impressionnant, dis-je, sarcastique.

Puis j'ai un peu honte de moi. Cet homme m'exaspère mais il est gentil. Il n'a pas à payer pour Henri, Martha et le probable sale type qu'elle a rencontré.

— Alors, votre travail, c'est de gérer tous ces logements, c'est ça, Guy ? dis-je sur un ton beaucoup moins agressif.

— Voilà ! dit-il. Je gère mon petit parc immobilier.

— Sans compter l'histoire familiale qui habite ces lieux… et le mystère que vous devez élucider, complète Victoire.

Puis elle se tourne vers moi.

— Guy vous a raconté ?

— De quoi ?

— Son grand-père possédait presque tout l'immeuble. Et pendant la Seconde Guerre mondiale, il a sauvé deux petits garçons juifs en les cachant ici, dans cette chambre. Ce lieu est chargé d'histoire, et on le sent, croyez-moi.

— Et ce mystère, qu'est-ce que c'est ? je demande, intriguée.

— Allez, expliquez-lui, insiste Victoire. D'ailleurs, vous avez avancé ?

— Pas du tout, avoue-t-il. Vous voyez, Lucie, Victoire a trouvé des choses curieuses en s'installant dans cette pièce. Elle servait de débarras à ma famille depuis des lustres, puis à moi quand j'en ai hérité. C'était inhabité, quoi. Et elle a trouvé...

Il s'interrompt, ému. Victoire le prend par les épaules et lui parle comme s'il était un gamin au bord des larmes.

— Ne vous inquiétez pas, Guy, je vais le raconter à votre place. Allez, asseyez-vous.

Elle le pousse vers une chaise et il se laisse faire.

— Avec Margaux, une autre voisine, on a trouvé une boîte en fer cachée derrière la plaque de la cheminée. Elle contenait des jouets. Mais ils étaient postérieurs à la guerre, donc ils n'avaient pas pu appartenir aux enfants juifs. Et puis un jour, on a trouvé un calendrier tracé sur le mur. Avec les années. C'était quoi, déjà, Guy ?

— 1978-1979, répond-il sombrement. Mais à l'époque, personne ne vivait ici, et on n'avait pas le droit d'y entrer à cause des rats qu'on entendait au-dessus de nos têtes. Parce que moi, mes parents et mon petit frère, on vivait juste au-dessous. Vous voyez ?

— Cette histoire est bête comme chou, dis-je. Je ne vois pas pourquoi vous faites autant de mystères. Les trucs cachés, n'importe quel gosse aurait pu les mettre là sans être vu. Et il se serait amusé à dessiner son calendrier. Demandez à Hyppolite, il rêverait d'aller traîner dans un autre endroit que chez lui, pas vrai, Hyppolite ?

— Mais moi j'ai peur des rats. Et puis c'était interdit.

— Et il fallait la clé, aussi, ajoute Guy.

— Pff ! très bien, alors j'ai trouvé : ce sont des fantômes.

Pourquoi est-ce que je me sens de nouveau énervée ? Comme si je n'arrivais pas à contrôler mes nerfs. Ça me rappelle le début de ma ménopause.

— Bon, je vous laisse avec vos spectres ! Bonne fin d'après-midi. Et merci pour la musique, mademoiselle !

Je sors de la pièce et entends la petite voix sérieuse d'Hyppolite.

— Faut pas faire attention, c'est les trucs de fille. Mon père me dit toujours ça quand Manon est grognon.

14

Samedi matin, Aimée sonne chez moi. Nous avons rendez-vous. Elle a proposé de m'emmener chez un ami qui vend des meubles d'occasion à bas prix. Nous partons en métro au nord de Paris, au marché aux puces, un endroit dont je n'aurais même pas imaginé l'existence. La foule y est tellement dense, les gens parlent fort, se bousculent et s'interpellent… Je n'ai jamais rien vu de pareil. Par réflexe, je serre mon sac contre moi et m'agrippe au bras d'Aimée.

— Détendez-vous, Lucie, tout va bien se passer, me dit-elle.

Elle a l'air de me trouver franchement comique et ça m'agace un peu.

Son ami possède une boutique où nous serons tranquilles, m'assure-t-elle. En attendant, quelle expérience pénible.

Enfin, j'aperçois une sorte de cahute (une boutique, ça ? Je rêve !). Tout un bazar de meubles et d'objets s'y entasse ; on se croirait dans la caverne d'Ali Baba. En apercevant Aimée, un homme assis dans un fauteuil se lève en poussant un cri de joie et vient la serrer dans ses bras.

— Qui voilà ! Notre belle Aimée ! Tu es venue avec une amie ? demande-t-il en se tournant vers moi.

— Kader, je te présente Lucie.

— Bienvenue ! me dit-il, puis il tend son poing vers ma main.

Je le fixe, interloquée. Qu'est-ce qu'il me veut, ce bonhomme ?

Aimée émet son rire bruyant.

— C'est pour faire un check, Lucie. Vous connaissez ?

Je secoue la tête, dépitée.

Elle cogne son poing contre celui de son copain.

— C'est pour se dire bonjour, vous voyez ? Ça évite d'échanger trop de microbes.

— On réessaie ? suggère Kader.

— Et voilà, Lucie vient de faire son premier check ! annonce Aimée avec bonne humeur. Alors, Kader, Lucie a besoin de rafraîchir son mobilier, mais pour pas cher. Qu'est-ce que tu as à nous proposer ?

— Vous cherchez quoi, précisément ? me demande-t-il.

— Bonne question. Un fauteuil confortable, une table basse, un guéridon, des lampes, quelques appliques… Enfin, petit à petit, parce que pour le moment, l'argent ne rentre pas trop, vous comprenez ?

— Bien sûr. Venez voir par ici.

— Oh ! En voilà un joli fauteuil, dis-je en apercevant une bergère à oreilles.

— Style Louis XVI, déclare Kader avec fierté.

Le siège est recouvert d'un tissu soyeux couleur crème, imprimé d'un motif à l'ancienne dans les teintes bordeaux. Mon rêve ! Visiblement en très bon état ! Je m'y vois déjà installée pour regarder la télé et parler au portrait d'Émile.

Dans le fouillis de la boutique, un guéridon en bois brun tout simple et une lampe au pied en céramique dont la couleur rappelle celle du motif de la bergère me paraissent parfaits pour accompagner mon futur fauteuil.

Aimée me fait signe de m'éloigner et je fais quelques pas pour admirer un bric-à-brac d'assiettes anciennes et autres porcelaines vieillottes. Du coin de l'œil, je l'observe qui parlemente avec Kader, chacun faisant de grands gestes, comme s'ils faisaient semblant de se disputer. Mais à quoi ils jouent ?

Puis Aimée m'appelle. Sur un bout de papier, Kader a griffonné un chiffre qu'il me tend.

— Je vous fais un bon prix, c'est parce que c'est Aimée !

— Et la livraison est offerte. Kader, tu l'as promis.

Je suis un peu gênée, mais tellement contente ! Je fais un chèque au commerçant, et soudain le doute me prend. J'espère que ce ne sera pas un chèque en bois, ça la ficherait mal. J'aurais dû prévenir Aimée… Ou au moins vérifier ce qu'il me restait sur mon compte. D'un autre côté, on est début mai, la retraite d'Émile a dû tomber.

— Vous êtes contente, Lucie ? Vous avez l'air bizarre, me demande Aimée après notre départ. Venez, je vous offre un thé à la menthe.

Elle m'entraîne dans un minuscule salon de thé sordide mais je n'ai pas la force de lui résister.

— Vous serez livrée demain, ce n'est pas fantastique ? Alors pourquoi cette tête ? Vous n'avez pas confiance ?

— Oh, bien sûr que si, ce n'est pas ça. C'est moi, le problème. Mmm, il est fameux, ce thé ! Vous croyez que leurs gâteaux sont bons ?

Je baisse le ton.

— Et que c'est sans risque, au niveau hygiène ?

— Lucie, regardez autour de vous, c'est propre, non ? Alors faites-vous plaisir.

Sur les conseils d'Aimée, nous commandons une série de pâtisseries, et je m'empiffre allègrement. C'est délicieux ! Et tellement sucré.

— Moi qui n'aime pas voyager, j'avoue que là, j'ai l'impression d'être au bout du monde. Quelle expérience ! Quand je vais raconter ça à Évelyne et Martha ! Ce sont mes copines depuis le collège, dis-je à Aimée qui n'arrête pas de sourire en m'observant.

Puis elle redevient sérieuse.

— Mais qu'est-ce qui vous inquiète, depuis tout à l'heure ?

Je repose la corne de gazelle dans laquelle je m'apprêtais à croquer. Retour dans le monde réel...

— J'ai peur, Aimée. J'ai peur d'avoir encore des dettes. Je ne sais pas si la vente de mes meubles par l'huissier a suffi à tout éponger. Je ne sais pas combien je devais, combien j'ai remboursé. Alors tout d'un coup je me suis dit : et si je ne possédais même pas l'argent du chèque ?

— Vous ne regardez jamais vos comptes ? me demande Aimée.

— Non, jamais. Je ne sais même pas comment on fait. Vous savez, vous ?

Aimée éclate franchement de rire.

— Heureusement pour moi, oui ! Plus sérieusement, il va falloir que vous parliez à votre banquier. Prenez rendez-vous. Il faut vous prendre en main !

Je baisse la tête. Mes doigts sont poisseux, je commence à avoir mal au cœur.

— Et il y a autre chose, poursuit-elle. Si vous avez encore des dettes, appelez vos enfants à l'aide. Je suis sûre que vous vous trompez à leur sujet. Et puis d'abord vous ne pouvez pas rester comme ça.

Je garde les yeux rivés sur mon assiette et écrase nerveusement les miettes du bout de mon index.

— Après ce qu'ils m'ont fait, ça leur serait complètement égal que je me retrouve à la rue.

— Essayez quand même. Je vous le demande, Lucie.

Soudain, les larmes me piquent les yeux. Ah non, je ne vais pas encore me mettre à pleurer ! Pas ici, devant Aimée !

Je renifle bruyamment, comme si ce geste allait chasser mes larmes.

— Allez, venez, on rentre, dit Aimée en se levant.

Puis elle enveloppe les pâtisseries restantes dans une serviette en papier propre et me les tend.

— Pour plus tard.

Le lendemain, quand mes meubles sont livrés, je me sens folle de joie. Ce n'est pas grand-chose mais ça me change la vie. Je pousse le sofa et installe ma bergère à la place ; à côté, le guéridon sur lequel je pose ma nouvelle lampe est assez sommaire mais il fera l'affaire. J'y empile mes livres. Ce sera un coin de lecture agréable quand je ne regarderai pas la télé. Je m'assois dans mon nouveau fauteuil, m'y enfonce confortablement, les bras posés sur les accoudoirs, et j'expire profondément. Pour la première fois, je me sens bien dans cet appartement.

Quelques heures plus tard, je sonne chez Aimée. Elle m'a invitée avec Kylie pour un apéro dînatoire, comme elle dit. Je suis la première arrivée, ma petite coiffeuse nous rejoindra une fois sa journée de travail terminée. Je m'installe dans mon coin de canapé.

— Je commence à prendre mes habitudes chez vous, ma chère Aimée.

— J'en suis ravie ! Alors, ces nouveaux meubles ?

— Formidables ! Un début de chez-soi.

Aimée me rejoint, un grand plateau chargé entre les mains. Dans des petits bols colorés, acras, olives, crudités, sauces et plein d'autres petites choses appétissantes. J'en salive déjà. Trois grands verres sont posés sur la table basse, ainsi que plusieurs bouteilles.

— Servez-vous, me dit-elle.

— Je prends un verre de jus de fruits, mais j'attends Kylie avant de manger. Sinon je ne vais rien lui laisser !

Aimée me raconte sa journée, entre l'immeuble à entretenir, les habitants qui la sollicitent pour de multiples services, les séances de voyance...

— Vous avez deux métiers, alors. C'est comme une double vie ! dis-je.

— Pour moi, la voyance n'est pas un métier. Le gardiennage pas vraiment non plus, d'ailleurs. La voyance, comme je vous l'ai dit, c'est un don. Il ne me permet pas de vivre, contrairement au travail de gardienne. Et puis les habitants de l'immeuble qui viennent toquer à ma porte ou qui se confient à moi entre deux paliers, ça se rapproche, à mon sens, de mon côté médium. Parce que les gens adorent venir me raconter leur vie, me parler d'eux. Vous voyez ? C'est un peu la même chose.

— Vous êtes la psy de l'immeuble, en fait ?

— Un peu, oui, dit-elle en riant.

Avec Aimée, c'est comme ça, son rire qui claque est tellement communicatif. Il me donne de l'énergie, me rend joyeuse. Jusqu'à ce qu'elle réoriente la conversation sur les sujets qui fâchent.

— Alors, vous avez contacté votre banquier ?

— Absolument. Dès ce matin, figurez-vous.

— Alléluia, lance-t-elle en joignant les mains. Et ça s'est passé comment ?

— Très bien. Il a été très aimable. Il m'a dit de ne pas m'inquiéter. Tout va bien.

J'espère qu'elle me croit... Je n'ai pas eu le courage d'appeler la banque, ni d'ailleurs d'ouvrir mon courrier. Je ne suis pas à un jour près, de toute façon.

— Il vous a quand même donné rendez-vous ?

— Euh... non. Dites, on peut changer de sujet ?

Quelqu'un frappe à la porte. Kylie ! Sa grande silhouette se glisse à l'intérieur. Ses traits sont tirés et son visage est pâle. Elle s'assoit à côté de moi.

— Eh bien, ma petite, ça n'a pas l'air d'aller, lui dis-je.

— Un petit rhum ? propose Aimée en sortant sa bouteille.

Kylie secoue la tête.

— Je suis enceinte.

Aimée et moi, on la regarde, yeux écarquillés, bouches béantes.

— C'est une bonne nouvelle ? interroge timidement Aimée après un silence embarrassant.

— Ben non. Je venais de quitter le père, quand même.

— Mince, dis-je, incapable de trouver autre chose.

— Vous allez garder l'enfant ? demande Aimée, qui a toujours la tête sur les épaules.

— Je sais pas. Je suis jeune, toute seule, j'ai un salaire de merde… C'est plutôt galère, en fait.

— Vous êtes sûre que vous ne voulez pas vous remettre avec Eddie ? je tente.

— Ce bouffon alcoolo ? Hors de question.

— Ou au moins lui parler du bébé ? Histoire de savoir s'il est prêt à… Il a quel âge, cet Eddie ? demande Aimée.

— Deux ans de plus que moi. Vingt-six ans.

— Imaginez que vous gardiez le bébé. Vous croyez qu'il assumerait son rôle de père ?

Kylie émet un petit bruit de dégoût. Visiblement, elle ne le pense pas.

— Aimée, je prendrais bien un peu de rhum dans mon jus, si ça ne vous dérange pas, dis-je, assez ébranlée par la nouvelle.

Puis je me tourne vers Kylie.

— Ma petite Kylie, vous avez aussi envisagé l'avortement, j'imagine ?

Elle hoche la tête.

— C'est le plus simple. Presque le plus logique, vu la situation. C'est juste que…

Elle s'interrompt. Essuie avec rage les larmes qui coulent sur ses joues. Je la prends dans mes bras et la berce, comme elle l'avait fait avec moi dans le café, mais plus doucement. Moi qui croyais que j'allais passer une bonne soirée, c'est réussi.

Quand Kylie s'est ressaisie et libérée de mes bras, elle reprend.

— Je souffre d'endométriose. Pour vous la faire courte, d'après mon médecin, la probabilité que je tombe enceinte est quasi nulle. Genre, ce qui m'arrive, c'est un miracle. Et ce sera peut-être ma seule chance. Après, je peux toujours congeler mes machins.

— Vos ovocytes, intervient Aimée.

— Voilà. Mais c'est pas pareil. Alors je ne sais pas quoi faire.

— Vous allez prendre votre temps pour réfléchir et vous décider, répond Aimée. Et puis, quelle que soit votre décision, on est là, nous. Pas vrai, Lucie ?

— Oui... Enfin, il vaudrait mieux ne pas trop compter sur moi. J'ai été une mère complètement nulle. Et je suis une grand-mère inexistante. Je ne vois même pas mes petits-enfants, j'ai oublié leur âge ; l'autre jour je ne me souvenais même plus de leurs prénoms et...

Je croise le regard d'Aimée qui me fait les gros yeux et m'arrête instantanément.

— On sera là, dis-je piteusement. Et sinon, votre mère, elle a peut-être lâché un peu la bouteille ? je demande, pleine d'espoir. Elle pourrait quand même vous aider ?

— Ma mère ? Mais genre, elle est quasiment SDF. Et vous savez quoi ? Si elle n'arrive plus à subvenir à ses besoins, c'est moi qui l'aurai à charge. Les enfants sont responsables de leurs parents quand les darons n'arrivent plus à se gérer. Vous le saviez ? Des fois, ma mère débarque pour me taxer du fric et elle me menace. Elle dit que je dois lui filer de l'argent parce que sinon elle me traînera en justice. Et que le jour où elle n'aura plus rien, elle viendra vivre chez moi, à mes frais. C'est la loi. Alors moins elle en sait, moins je la vois, et mieux je me porte.

Et là, je me dis que moi aussi, j'ai des enfants. Et que je pourrais peut-être leur faire cracher de l'argent en toute légalité. Je me rends compte qu'Aimée me scrute avec intensité. Je suis sûre qu'elle pense à la même chose que moi.

15

Aujourd'hui, c'est dimanche. Martha nous a invitées à prendre le thé chez elle. En entrant dans son salon, j'ai un pincement au cœur. C'est vrai, j'adore mon petit coin avec ma bergère imitation Louis XVI, mais chez Martha, tout est authentique et somptueux. Évidemment, ce luxe me renvoie à ma déchéance, même si je n'ai jamais possédé tout ce qu'elle a. Son mobilier est Napoléon III, tout en bois précieux et dorures. Des tapis anciens recouvrent le parquet rutilant qui rappelle celui de la galerie des Glaces de Versailles. Aux murs, des peintures des XVIIIe et XIXe siècles, portraits de femmes élégantes et d'hommes aux mines sévères ; posées sur des socles, des sculptures anciennes. Le père de Martha était un collectionneur et je sais que d'autres œuvres hors de prix décorent les pièces principales de cet immense appartement qui fait face au square des Batignolles. Un lustre impressionnant surplombe la table basse autour de laquelle nous nous installons.

Jana, la gouvernante, nous apporte le thé et une grande assiette de pâtisseries. Il y a toujours un paris-brest pour moi, chez Martha, petite attention de sa part, car elle sait que c'est mon gâteau préféré. La porcelaine de Limoges est ancienne, les couverts sont en argent. Martha est tellement à l'aise dans cet univers, elle manie sa vaisselle précieuse avec une dextérité naturelle. Moi j'aurais peur de tout casser !

Je me sens nerveuse. Si son admirateur du square l'a rappelée, je ne sais pas comment je vais réagir. Évelyne, de son côté, n'a pas très bonne mine. Elle est agitée, semble inquiète. Je ne le sens pas trop, cet *afternoon tea*.

— J'étais à la messe, tout à l'heure..., commence Martha, tout sourire.

— Un dimanche matin ? Très surprenant, dis-je.

— Mais laisse-moi finir ! lance-t-elle, agacée. J'étais à la messe avec Henri !

Je sursaute.

— Henri ? Est-ce que j'ai oublié le nom d'une de nos connaissances ? s'inquiète Évelyne.

— Henri qui ? je demande d'un ton agressif.

— Ah, toi non plus tu ne sais pas qui c'est ! s'écrie Évelyne.

— Henri ! C'est le prénom de l'homme que j'ai rencontré au parc ! réplique Martha, extatique.

— Mais tu ne nous as rien dit ! s'énerve Évelyne. C'est quoi, cette histoire ?

— Si, voyons, tu ne te souviens pas ?

— Arrêtez de me répéter ça tout le temps, crie-t-elle, de plus en plus nerveuse.

— Évelyne a raison sur un point, tu ne nous avais pas donné son prénom. Par contre, Évelyne, Martha nous a bien dit qu'elle avait été abordée par un homme au square.

Les traits de son visage semblent s'effondrer. Elle a l'air encore plus triste et désorientée qu'en arrivant.

— Vous êtes sûres que j'étais là ? Je ne me rappelle pas du tout cette conversation. C'est curieux, quand même.

Martha a perdu son sourire. Elle et moi échangeons un coup d'œil, nous nous sentons démunies.

— Évelyne, ne te fâche pas, lui dis-je, mais il faudrait que tu ailles voir un médecin. Tu as des problèmes de mémoire, depuis quelque temps, et j'ai l'impression que ça s'aggrave. Tu étais avec nous quand Martha nous en a parlé. Ils avaient échangé leurs numéros et…

— Ah oui, bien sûr, je m'en souviens ! m'interrompt Évelyne.

Bizarrement, je ne la crois pas. Au moins a-t-elle encore suffisamment d'esprit pour essayer de masquer ses amnésies à répétition.

— Continue, Martha, demande-t-elle. Donc tu l'as vu à l'église ce matin ?

— Je vais tout vous raconter ! Il m'a appelée vendredi pour savoir ce que je faisais aujourd'hui. Quand je lui ai répondu que je voyais mes amies cet après-midi et que ce matin j'allais à la messe, il m'a dit qu'il serait ravi de m'accompagner. Il m'a expliqué qu'il était pratiquant mais qu'il avait été moins assidu ces dernières années.

Martha retrouve sa mine réjouie, tandis que je sens mon ventre se nouer.

— D'après lui, j'ai déjà une influence bénéfique sur lui. Ce n'est pas merveilleux ?

Évelyne assaille Martha des mêmes questions que la fois précédente, en particulier sur son physique.

— Attendez, j'ai une photo de nous deux, comme ça vous allez pouvoir voir à quoi il ressemble !

Elle va chercher son téléphone en sautillant presque.

— On a fait un selfie avec son portable, et il me l'a envoyé tout à l'heure ! Regardez !

Évelyne attrape l'appareil et, refusant de mettre ses lunettes, le tient à bout de bras.

— Mais dis donc, quel bel homme !

— Fais voir, dis-je en lui arrachant le téléphone des mains.

Et là je fais un bond. Henri. Mon Henri. C'est lui, avec ses cheveux coiffés en arrière, son visage rubicond, son regard clair si séduisant…

— Il est beau, hein ? nous dit Martha. Je ne sais pas ce qu'il me trouve…

— Mais tu es très mignonne ! déclare Évelyne.

N'importe quoi !

— Oh, c'est vrai ? minaude Martha, et j'ai envie de hurler.

Mais bon sang pourquoi il m'a quittée, moi, et pourquoi elle ? Qu'est-ce qu'elle a de plus que moi ? Son petit air gentillet et fragile ? À moins qu'il ait craqué pour son côté grenouille de bénitier ? La vie me dégoûte. Les hommes aussi.

— Tu as vu, Lucie, comme ils forment un beau couple ? me demande Évelyne en m'arrachant le portable de Martha que je tiens toujours serré dans ma main.

— Très beau, je grogne.

— Et on se revoit la semaine prochaine. On va à Montmartre ! Je voulais revisiter le Sacré-Cœur et il m'a promis de me montrer le quartier. Il en connaît tous les recoins et toute l'histoire. Henri et moi avons la même passion pour les vieilles pierres.

— Ah oui ? je demande, d'un ton que j'aurais voulu moins sarcastique.

Au moins je n'ai pas rebondi sur le goût d'Henri pour les vieilles tout court. J'arrive encore à me tenir.

— Parfaitement. Bon, et toi, Lucie, les travaux de ton nouvel appartement avancent comme tu veux ? demande Martha, parce qu'elle est sincèrement gentille et sait que je préfère changer de sujet.

Pas de chance, celui-là ne me convient pas davantage. Tant pis, je vais broder, comme d'habitude.

— Tu sais comment ça se passe, maintenant. On prend un architecte, un décorateur, et hop, ils te refont tout, ils poussent les murs, changent les volumes… Bref, tu te retrouves avec un lieu de vie incroyable, moderne, au-delà de tes attentes. Mais bien sûr, tout ça a un coût et prend du temps.

Je me tourne vers Évelyne. Elle est assise sur le canapé, tête penchée. Elle dort profondément.

Mardi. Je descends l'avenue Laumière pour aller à mon rendez-vous au salon. J'ai hâte de savoir si Kylie a pris sa décision, pour l'enfant, et si elle a parlé à Eddie. Et j'ai aussi envie de retrouver mon brushing impeccable. Ça suffit, les bouclettes ridicules !

Kylie est un peu pâlotte, son sourire est moins franc, mais elle m'accueille avec sa gentillesse coutumière. Elle m'installe pour le shampooing et j'ai droit à mon massage crânien préféré.

Une fois assise devant le miroir, je lui demande où elle en est. Elle jette un œil en direction de Delphine, captivée (ou très bonne comédienne) par le flot de paroles de sa cliente, avant de me glisser à voix basse :

— Je sais pas quoi faire…

— Vous avez parlé à Eddie ?

— Non. Mais je lui ai envoyé un texto, pour voir s'il m'en voulait d'avoir rompu. Pour le moment, je n'ai pas de réponse. Il a peut-être bloqué mon numéro. Je comprendrais.

— Au fait, Kylie, désolée de vous interrompre, mais je préférerais retrouver ma coiffure d'avant, bien raide. Je ne supporte pas cette tête de gentille mémé qui frise.

— Oh, non, vous pouvez pas faire ça ! Vous êtes tellement plus belle au naturel ! Vos cheveux sont en bien meilleur état que quand je vous les tire. Ça les brûle, aussi.

— Je m'en fiche, de les brûler, je veux qu'ils se tiennent bien droit.

— Pardon, Lucie, mais pourquoi vous voulez avoir l'air si dure ? Vous êtes gentille, en fait.

Je me sens rougir. Moi, gentille ? Première nouvelle. Personne ne m'a jamais dit une chose pareille.

— Je veux pas vous gêner, mais c'est vrai, je kiffe nos conversations, vous êtes jeune, dans votre tête. J'ai vu les bouquins que vous lisez, chez vous l'autre jour. C'est genre grave cool. Franchement.

— Ah bon ? Vous trouvez ?

Elle hoche vigoureusement la tête.

— Bon, très bien, faites comme vous voulez, je vous fais confiance.

Elle lève un pouce et sourit de toutes ses dents.

Une fois qu'elle a séché mes cheveux en m'assurant que je serais parfaite pour jouer les mannequins séniors, elle baisse le ton.

— Lucie, pardon, mais j'ai quand même un truc à vous demander.

— Allez-y, je vous écoute.

— Voilà, je m'inquiète pour vous.

— Moi ?

Je n'en reviens pas. Encore une chose qu'on ne me dit jamais.

— Oui. Vous avez parlé de vos problèmes d'argent, chez vous l'autre jour, le fait que vous aviez dû vendre vos meubles, tout ça. Tout va bien, maintenant ? Dites-moi honnêtement.

Je me fige dans le fauteuil. J'espère que personne ne l'a entendue. Quelle honte pour moi… Je regarde Delphine et sa cliente, qui sont avec Kylie et moi les seules personnes présentes. La femme n'a pas cessé de parler et Delphine continue de hocher la tête et de s'extasier, mais je doute qu'elle soit très concentrée.

— Si vous voulez la vérité, je n'en sais rien, dis-je. Ce n'est pas moi qui me suis occupée de la vente, c'est un commissaire-priseur. Si ça a couvert mes dettes ? Aucune idée. Je ne connais ni leur montant ni celui de mes meubles.

— Ah ouais, chaud… Merde.

— Je ne vous le fais pas dire. Aimée ne comprend pas pourquoi je n'ouvre pas mon courrier, pourquoi je ne fais pas mes comptes. Vous voulez savoir pourquoi ?

— Oui.

— Parce que ça me panique, je suis sûre que je ne vais rien comprendre. Parce qu'avant la mort de mon Émile je ne m'occupais jamais de ces choses-là.

— Je peux vous aider, moi, lance Kylie.

Je la regarde, atterrée.

— Vous êtes très gentille, mais… Comment dire…

— Ah, mais je n'ai pas été coiffeuse toute ma vie, vous savez ! J'ai un bac pro en comptabilité. On dirait pas, hein ?

— En effet, ce n'est pas ce qu'on se dit tout de suite en vous voyant.

— En fait, ce sont mes profs qui me l'avaient conseillé parce que j'étais forte en maths mais que je foutais rien. Je sais pas pourquoi, je kiffais cette matière. Et pour tout le reste, j'étais plutôt médiocre. La conseillère d'orientation m'a dit qu'avec un bac pro en comptabilité je pourrais m'en sortir. Mais bon, c'était pas pour moi. J'ai quand même été jusqu'au bout, je ne voulais surtout pas finir comme ma mère, qui survit grâce aux allocs.

— Bravo, Kylie ! Mais comment êtes-vous devenue coiffeuse, alors ?

— Je voulais arrêter la comptabilité et avoir un taf qui me plaisait. Et comme j'adorais coiffer mes potes, leur faire leurs couleurs et tout, elles m'ont dit que je devais faire coiffeuse. Pourquoi je n'y ai pas pensé plus tôt ?

Je la fixe, attendant sa réponse.

— Oui, pourquoi, Kylie ?

— J'en sais rien. Alors je me suis lancée. J'ai fait mon BTS en deux ans en cumulant les petits boulots. Je vivais toujours chez ma mère, dans un logement social. Ça coûtait que dalle, mais elle m'a quand même demandé de payer le loyer. Je payais déjà la bouffe. Ça m'a soûlée, j'ai trouvé une colocation et je me suis barrée.

— Vous êtes très courageuse. Et comme ça, quand vous aurez votre propre salon, vous saurez le gérer, dis-je.

— Un salon ou autre chose. J'aurai peut-être envie de changer, un jour.

— Et vous travaillez avec Delphine depuis longtemps ?

— Depuis deux ans. Elle est cool, comme cheffe.

Delphine, qui a entendu son prénom, se tourne vers nous.

— Kylie me disait que vous étiez cool, lui dis-je pour la rassurer.

— Et elle, c'est une perle ! réplique-t-elle en souriant.

Ne se rendant compte de rien, sa cliente continue de monologuer. Finalement, je comprends pourquoi Kylie m'aime bien.

— Si vous voulez, je passe chez vous un soir après mon taf et je regarde tout ça. Je fais vos comptes, je me renseigne pour savoir où vous en êtes de votre endettement. Ça me rappellera le lycée !

Je réfléchis quelques secondes. De toute façon, elle sait tout, elle a même vu mon appartement vide, je n'ai plus rien à perdre, rien à lui cacher.

— D'accord, j'accepte votre aide.

— Check ! s'écrie-t-elle.

Et là, je me souviens. Je serre mon poing et le frappe contre le sien.

Juin

16

— Hyppolite ? Je rêve ! Tu as emporté ton siège pour rester sur le palier ?

En fin d'après-midi, alors que j'ouvre ma porte pour aller faire un tour aux Buttes-Chaumont, je tombe nez à nez avec le petit garçon, assis sur un de ces poufs en forme de poire, jouant sur une tablette.

Il tourne la tête vers moi et me sourit. Il a perdu une dent !

— Il y a quelqu'un, chez toi ?

— Oui, Manon, mais j'ai pas envie de rentrer.

— Ça te dirait de venir au parc avec moi ?

— Ouiiii ! crie-t-il en se levant d'un bond.

Je sonne chez lui avec insistance après plusieurs tentatives infructueuses.

La porte s'ouvre à la volée.

— Hyppo, t'es grave chiant ! Oh, pardon, madame, dit Manon, rouge de confusion en me découvrant sur son palier.

— Bonjour, Manon. J'emmène ton frère au parc, ça ne te dérange pas ?

— Oh, non, pas du tout. Je ne sais pas pourquoi, il ne supporte pas de rester ici.

— Je le ramène dans une petite heure, ça ira ?

— Oui, merci beaucoup, dit-elle.

Elle a retrouvé sa pâleur habituelle que je trouve excessive. Elle a l'air anémique. Son père devrait vérifier son taux de fer.

Hyppolite, lui, a juste besoin de prendre l'air. Il cavale partout, ou plutôt sautille autour de moi à m'en faire tourner la tête.

— Tu aimes bien la pêche aux canards ? je lui demande.

— Grave !

— J'imagine que ça veut dire oui, dis-je et je ne peux pas m'empêcher de sourire en voyant sa tête ravie et sa bouche édentée. Viens, je t'offre une partie.

— Merci beaucoup, Lucie !

Après avoir pêché avec beaucoup d'application son lot de petits canards jaunes, Hyppolite joue des coudes au comptoir parmi les autres enfants et les parents afin de demander son cadeau. Je me rends compte trop tard qu'il a choisi des petits pétards, qu'il s'empresse de jeter par terre pour les faire retentir avec un horrible bruit de claquement. S'il n'utilise pas tout maintenant et rapporte ces trucs à la maison, son père va me maudire…

— Viens, Hyppolite, range-moi ces machins. Tu veux une gaufre ? Une glace ?

— Une glace !

Il fait tellement beau, aujourd'hui, tous les parents ont eu la même idée que moi. Du moins ceux qui ne travaillent pas ou peuvent rentrer tôt. Ce n'est pas sain, pour ce petit garçon, de rester enfermé chez lui, ou sur un palier obscur. C'est même triste. Je comprends pourquoi sa sœur est si pâle.

Nous faisons la queue à la buvette, prenons tous les deux une glace à l'italienne puis j'entraîne Hyppolite vers un banc pour les manger.

— C'est les meilleures glaces de la terre, déclare-t-il avec sérieux.

— Ah bon ? Tu es sûr ?

— Ouais.

— Tu viens souvent en chercher ici ?

— Non. Avant je venais avec Léa.

— Qui est Léa ?

— Ma grande sœur. Elle vit plus avec nous. Elle fait des études dans une autre ville. Quand elle habitait à la maison, elle m'emmenait au parc. On était dans un autre appartement, près du MacDo. Elle s'occupait beaucoup de moi. Parce que ma maman, elle est morte, je l'ai pas connue.

Je frémis en entendant ces mots si tragiques sortir de la bouche de ce tout petit garçon.

— Oh, Hyppolite, ça doit être si dur…, dis-je, parce qu'il faut bien répondre quelque chose, montrer que je l'écoute, mais toute parole me paraît si futile.

Je passe mon bras autour de ses petites épaules. Sans prévenir, il pose sa tête contre moi. J'en suis surprise et touchée.

— La nuit, quand je dors pas, je regarde sa photo et je me répète tout ce que mon père m'a raconté sur elle. Comment elle était gentille, les blagues qu'elle lui faisait. Alors j'imagine que je lui parle et qu'elle me fait rire, qu'elle me prend dans ses bras et qu'elle m'embrasse très fort. Comme ça elle est toujours avec moi, tu comprends ?

— Oui, dis-je. Tu sais, je fais un peu pareil avec Émile. C'est mon mari. Je discute avec sa photo, moi aussi.

Il se redresse pour me regarder, étonné.

— Tu fais comme moi ?

— Oui, j'avoue ! dis-je en souriant.

Il reprend sa position dans le creux de mon épaule et garde le silence.

— Et ta sœur Léa, elle te manque ?

— Oh oui. Elle est comme ma maman. Même si c'est pas ma vraie sœur.

— Comment ça ?

— Sa maman, c'est pas ma maman. Et elle est pas morte.

— Mais vous avez le même papa ?

— Oui.

— Donc c'est ta sœur.

— Manon dit que c'est ma demi-sœur. Manon, elle, c'est ma vraie sœur. Mais je préfère Léa, elle est gentille. Manon, elle est toujours enfermée dans sa chambre et elle me parle pas.

— C'est l'âge, ça lui passera, tu verras. Et ton père, il rentre très tard, c'est ça ?

— Oui. À cause de son amoureuse, Leïla. Avant, quand Mélodie devait partir et qu'il était pas là, et que Manon non plus, j'allais chez mon copain Gabriel. Il habite au quatrième. Mais maintenant j'ai plus le droit. Papa dit qu'il faut plus déranger ses parents parce qu'ils ont trop de travail. Alors je préfère rester sur le palier.

Ce gamin me fend le cœur. Mais comme c'est étrange : je suis en train de partager ce moment avec lui, un voisin, alors que je n'ai jamais rien vécu de semblable avec mes petits-enfants.

— Dis-moi, Hyppolite, tu veux faire un tour à poney ?

— Non, je préfère la pêche aux canards. Comme ça je pourrai t'offrir les bijoux !

Un quart d'heure plus tard, je me retrouve avec d'énormes bagues roses en plastique, des boucles d'oreilles et un collier assortis.

C'est de nouveau Manon qui nous ouvre. Elle est beaucoup plus souriante que tout à l'heure et me remercie très poliment pour son petit frère. J'embrasse Hyppolite sur le crâne et le pousse à l'intérieur, puis rentre chez moi, troublée par le mélange de mes émotions. Je me sens émue, triste, mais joyeuse aussi après cette fin d'après-midi passée en compagnie d'Hyppolite. J'ai envie d'en parler à quelqu'un, mais j'en ai marre de monologuer avec une photo dans un cadre. Un jour, peut-être, j'arrêterai de parler à Émile, et Hyppolite n'aura plus besoin de la photo de sa mère pour se sentir mieux. D'ailleurs, ce n'est pas ce qu'il vient de faire en se confiant à moi ? Comme quoi, parfois, je ne suis pas qu'une vieille bique inutile !

J'ai envie d'appeler Évelyne, de lui parler d'Hyppolite, et même de lui avouer que je ne vois plus mes petits-enfants. Et si j'en ai le courage, je voudrais lui dire que je suis ruinée et que, malheureusement, j'ai encore des dettes.

Kylie a dépouillé tous mes dossiers et mes courriers : je dois vingt mille euros. Enfin, Émile les devait, et beaucoup plus. Une énorme somme a pu être remboursée grâce à la saisie de notre mobilier, mais comme je le craignais, ça n'a pas suffi. Mon pauvre chéri, il aurait mieux fait d'arrêter de travailler à soixante-deux ans comme tout le monde au lieu de s'acharner.

Son cabinet était très prospère, jusqu'à ce qu'un centre médical ouvre dans la même rue, avec de jeunes dentistes pleins d'énergie, d'ambition et, surtout, avec des appareils ultramodernes. Émile n'a pas voulu s'avouer vaincu. Il a emprunté pour acquérir, lui aussi, un tout nouvel équipement. Totalement inutile : la majorité de ses patients l'avaient déjà lâché pour aller se faire soigner à côté. Au lieu d'un retour sur investissement, il s'est retrouvé avec plein de dettes. Pauvre Émile. Et moi qui ne me doutais de rien.

C'est Kylie qui m'a tout expliqué. Moi j'avais bien compris, avant sa mort, que ce nouveau centre médical le désespérait, qu'il en perdait le sommeil. D'ailleurs, c'est sûrement ça qui l'a tué. Les soucis, l'angoisse… Et surtout les impayés qui s'accumulaient. Mais ça, je l'ignorais. Il ne m'avait rien dit, sûrement pour me protéger, comme toujours, et parce qu'il voulait croire qu'il s'en sortirait. Puis il a bien dû comprendre qu'il n'y arriverait pas. Et son cœur a lâché.

D'après Kylie, il ne parvenait plus non plus à payer son Urssaf. Elle m'a montré la pile de relances qu'on avait reçues. Quel merdier, comme elle dirait. Et pour couronner le tout, les dettes ne font pas partie de la succession, elles ne sont que pour moi ! Mes enfants ont pu empocher en toute légalité soixante-dix pour cent de l'argent de la vente de l'appartement, mais ils ne sont absolument pas concernés par les dettes. Ceci dit, encore une chance qu'Émile soit mort avant que j'atteigne quatre-vingts ans, parce que là, je n'aurais eu droit qu'à vingt pour cent de l'héritage. Plus on vieillit, moins on a de droits sur la fortune de son propre époux. Elle est pas belle, la loi ?

Il me reste pourtant une solution : la bague de mamie Odette. Je pourrais la mettre au clou, comme ça je rembourserais tout ce que je dois. Ensuite, j'économiserais chaque mois pour la reprendre.

Mais je sais que je n'arriverais jamais à la récupérer, je serais morte avant de réussir à mettre de côté une pareille somme. Et puis je ne veux pas me séparer d'elle, c'est trop dur : c'est tout ce qui me reste de mon héritage. Mon héritage affectif, pas financier. Cette bague, c'est moi, c'est mamie Odette, notre famille. Je ne peux pas tout perdre.

Évelyne est toujours de bon conseil. Elle avait la réputation d'être une excellente femme d'affaires. Je dois lui en parler.

Dès qu'elle décroche, je sens que quelque chose ne va pas. Elle a l'air surexcitée et se lance à toute allure dans une drôle de tirade.

— Désolée, je n'ai pas le temps de papoter, mes parents viennent dîner, il faut que j'aille faire les courses ! Je ne sais même pas ce que je vais leur préparer ! Ils viennent en voiture, ils ne devraient pas tarder et…

Je suis complètement sous le choc. Oublier des détails de la vie courante, c'est un fait, mais là…

— Enfin, Évelyne, tes parents ne peuvent pas venir chez toi.

— Bien sûr que si, c'est papa qui conduit, tu sais comme il roule toujours trop vite ! Il faut que je me dépêche !

— Évelyne, stop ! je crie. Désolée mais tes parents sont morts depuis au moins vingt ans.

Elle me raccroche au nez. Quand je tente de la rappeler, elle ne répond plus.

Je me tourne vers le portrait d'Émile, atterrée.

— Tu as entendu ça ? Elle perd vraiment la boule ! Qu'est-ce que je dois faire ? Et pour mes dettes ?

Je fixe la photo de mon défunt mari, comme si j'attendais sa réponse. Il me renvoie mon regard, avec ses yeux plissés, son sourire crétin et sa moustache qui frétille.

— Oui, je sais ce que tu penses. Je devrais demander de l'aide à nos enfants. De préférence à Mélanie, qui est moins radine que notre Philippe. Peut-être que tu aurais dû le faire, toi, quand il était encore temps, tu ne crois pas ?

Je rejette ma tête contre le dossier de la bergère, étends mes avant-bras sur les accoudoirs et ferme les yeux. Je prends alors une profonde inspiration, suspends ma respiration quelques secondes avant d'expirer à fond. Je recommence l'exercice pendant quelques minutes. C'est la méthode que m'a apprise Martha, pour les jours où je sens la panique ou l'anxiété monter. Parfois c'est efficace, d'autres fois, pas tellement. Aujourd'hui, quel que soit le résultat, il va falloir que je passe à l'action.

J'attrape mon répertoire et, alors que les battements de mon cœur s'accélèrent, je compose le numéro de ma fille. Elle décroche !

— Salut, maman, je suis dans la rue, là, c'est urgent ?

— Bonjour, Mélanie. Oui, un peu.

— Vas-y, shoot.

— Pardon ?

— Eh bien parle, qu'est-ce qu'il y a ?

J'entends le vacarme de la circulation, des éclats de voix, puis le hurlement d'une sirène. Comme si c'était facile de parler dans ces conditions.

— Les enfants vont bien ? Ton mari ?

— Tout le monde va très bien. Je ne vais pas tarder à monter dans le bus, maman, dis-moi pourquoi tu m'appelles ?

— Je voulais avoir des nouvelles de ma famille, c'est normal, non ?

Oh et puis merde, à la fin.

— L'huissier est venu, il a pris tous mes meubles. Visiblement, ton père avait contracté beaucoup de dettes avec son cabinet. Il reste vingt mille euros à rembourser. J'ai besoin que toi et ton frère vous m'aidiez. Avec la petite retraite de ton père, tu comprends bien que je ne peux pas payer une telle somme.

— Oh, maman ! Tu ne changes pas. Tu me balances ça comme ça, alors que je sors d'une grosse journée de boulot. En pleine rue ! Toi qui ne téléphones jamais !

— Mais si, je t'ai téléphoné !

— Bon, écoute, je suis désolée, c'est vraiment pas le moment, je te rappelle. Bisous.

Et elle coupe la communication.

Et je me fais raccrocher au nez pour la deuxième fois en deux coups de fil.

17

20 heures. Alors que je suis en contemplation devant mon frigo, me faisant la réflexion que, une fois de plus, rien ne me tente à part aller me coucher, la sonnerie de l'interphone retentit. Kylie ! J'espère que tout va bien...

Je sors sur le palier pour l'attendre et j'entends ses pas lourds (elle a ses grosses bottes paramilitaires aux pieds) résonner sur les marches.

— Je vous dérange pas ? demande-t-elle.

Comment est-ce que je pourrais lui dire le contraire ? Elle est livide, les yeux rouges, la mine toute triste.

— Entrez vite, dis-je en l'entraînant vers la cuisine. Vous voulez un bol de gaspacho à la carotte ? J'en ai au frais.

— Ça existe, ça ?

Je lui agite la brique sous le nez.

— Je veux bien essayer. Merci. Tout me donne envie de vomir, peut-être qu'un truc bien froid, ça passera.

— Pareil pour moi. Enfin, je ne suis pas enceinte mais… Bref, ma petite Kylie, attrapez-moi les bols, s'il vous plaît. Merci. Alors, qu'est-ce qui vous arrive ? je lui demande en me dépêchant de verser le liquide épais dans les deux récipients.

Kylie s'effondre sur une chaise et je dépose devant elle le bol le plus rempli. Cette jeune femme a grand besoin de se nourrir. Je sors du réfrigérateur le beurre et un fromage industriel qui n'a aucun goût mais, qualité essentielle pour Kylie, ne sent rien non plus ; j'attrape mon reste de baguette et pose le tout devant elle. Assiettes, couverts, verres… En quelques secondes, moi qui étais déprimée et incapable de faire la moindre chose cinq minutes plus tôt, j'ai improvisé un petit dîner et mis la table.

— Avec ça, on va arriver à se faire un festin ! dis-je pour tenter de lui remonter le moral. Servez-vous !

Kylie avale une grande gorgée de gaspacho avant de pousser un gros soupir.

— Je garde le bébé, déclare-t-elle brusquement, et d'un ton tellement sinistre qu'on croirait qu'elle m'annonce un deuil.

— Ça n'a pas l'air de vous emballer. Je me trompe ?

Elle saisit le fromage et le renifle avec dégoût.

— Pâte cuite, j'ai droit, dit-elle, et elle s'en coupe un morceau énorme. Il faut que je fasse gaffe à ce que je mange, maintenant. Pour le petit.

Et elle enfourne tout d'un coup.

Nous mangeons en silence. Au fond, je suis aussi affamée qu'elle. C'est toujours plus facile d'avoir de l'appétit quand on partage un repas. Seule, je le perds totalement. Il va falloir que j'invite Kylie à dîner chez moi plus souvent. C'est juste que, avec sa voracité de femme enceinte et mes problèmes d'argent, je ne sais pas si j'arriverai à la nourrir suffisamment.

J'attends qu'elle ait fini pour relancer le sujet brûlant.

— Vous avez donc pris votre décision ?

— Oui, j'ai pas arrêté de penser que je n'aurais peut-être plus jamais d'autre chance de tomber enceinte. Du coup, je peux pas la laisser passer. Je n'ai pas le choix, vous ne croyez pas ?

— Je ne suis pas tout à fait d'accord. On a toujours le choix, et il est nécessaire de bien réfléchir, surtout si ça concerne un événement qui va vous engager pour le restant de vos jours.

— Oui, c'est vrai. Mais en fait, ce n'est ni le bon moment ni la bonne personne. Eddie, je veux dire.

— Ce n'est jamais le bon moment, de toute façon. Et Eddie, vous ne le connaissez pas si bien que ça, il a sûrement des tas de qualités que vous ignorez, dis-je en me levant pour débarrasser.

Elle rit d'un rire sans joie.

— Un alcoolo débile, comme mes parents. Vous vous rendez compte, le pauvre gosse ? Fils et petit-fils d'alcooliques. Il ne va pas être dégénéré, à votre avis ?

— Kylie, mon petit, vous êtes belle, intelligente, vous avez tout pour vous. Votre enfant tiendra de vous, il sera merveilleux !

Elle se lève d'un bond et se jette dans mes bras avec une telle force que je vacille sur mes jambes. Je pose à la va-vite ce que je tenais encore dans les mains et, un peu maladroite et embarrassée, je l'enlace. Son corps tressaute, elle sanglote en reniflant.

— Là, là, dis-je, émue moi aussi par cette grande fille que je connais depuis si peu de temps et qui pleure toutes les larmes de son corps, le visage enfoui dans le haut de mon chemisier.

Je m'inquiète aussi un peu pour les taches de maquillage : sur les vêtements, ça ne part pas toujours au lavage.

— Vous voulez un cône glacé ? J'en ai à la vanille, dis-je en la repoussant un peu.

Kylie essuie ses larmes du dos de la main et renifle un bon coup. Elle me lance un pâle sourire, et je perçois dans l'éclat de ses yeux la petite fille qu'elle a dû être.

— Allez, d'accord pour une glace !

— Kylie, lui dis-je pendant que nous léchons notre cône, il n'y a que vous qui pouvez décider, pour le bébé. Mais j'aurais quand même un conseil à vous donner.

— Dites.

— Aujourd'hui, les femmes ne sont plus obligées d'avoir un enfant si elles n'en veulent pas, vous êtes d'accord ?

— Ben oui.

— Alors il faut que vous soyez sûre de le vouloir pour lui, ce bébé, pas à cause d'une probabilité, pas à cause d'autres bébés probables ou improbables. Il faut que vous soyez sûre de l'aimer, sûre que vous l'aimerez pendant qu'il grandira dans votre ventre, et après, quand il sera là. Parce qu'un enfant, il faut l'aimer, c'est ça le plus important pour lui. Vous comprenez ?

Elle hoche la tête. Elle a des traces de glace au-dessus de la lèvre supérieure.

— Il ne faudra pas lui en vouloir de vous rendre la vie parfois difficile, ce ne sera pas lui, le responsable, mais bien vous, et Eddie, bien sûr. Parce que, au début, ça ne sera pas évident pour vous de sortir et de vous amuser et, plus tard, de refaire votre vie. Surtout si vous n'avez pas votre mère ni aucune famille pour vous aider. Ce petit, il doit passer avant tout, et même avant vous, au début. Vous êtes prête à tous ces sacrifices ?

— Vous me flippez un peu, Lucie. Il doit quand même y avoir des trucs sympas, quand on a un bébé, sinon personne n'en aurait !

— Oui, bien sûr, je ne voulais pas paraître si négative ! C'est juste que, ces dernières années, j'ai l'impression qu'on oublie qu'avoir un enfant, ce n'est pas seulement quelque chose qu'on fait pour soi, pour assouvir un désir, ou le truc qui m'énerve vraiment, parce que, soi-disant, c'est un droit. C'est aussi et avant tout son histoire à lui. Il n'a rien demandé, ce petit bébé, et il va se retrouver là, sur la terre, à devoir se débrouiller, tout encaisser, tout subir, tout…

— Lucie, qu'est-ce qui vous arrive ? Ça ne va pas ? C'est à cause de vos dettes ?

— Pardon, je me suis laissé emporter. Mes dettes, oui, ça m'angoisse, je dois aller demander un prêt à mon banquier, en espérant qu'il acceptera. Mais non, ce n'est pas ça. C'est à cause de mes enfants, et puis aussi d'Hyppolite.

— C'est qui, ça ?

— Mon petit voisin. Il est si seul. Il me brise le cœur, parfois.

Tout d'un coup épuisée, à bout de nerfs, j'éprouve le besoin de retourner m'asseoir sur ma petite chaise inconfortable. Coudes sur la table, je prends ma tête entre mes mains.

— Quant à mes enfants, ils me rejettent complètement, dis-je d'un tout petit filet de voix. Alors en ce moment je m'interroge. Qu'est-ce que j'ai fait de travers ?

— Oh, Lucie, je suis sûre que vous avez tout bien fait. Vous êtes tellement gentille, tellement plus cool que ma daronne. J'aurais aimé en avoir une comme vous ! dit-elle en riant.

— Vous êtes mignonne, ma petite Kylie. Mais…

— Écoutez, je ne voulais pas vous stresser avec mes histoires. J'ai toujours voulu avoir des enfants, alors ce petit, s'il vient maintenant, ne vous inquiétez pas, je vais l'aimer.

Lorsque Kylie me quitte, un peu plus tard, nos vies sont toujours aussi chaotiques, mais on se sent beaucoup moins déprimées.

Le lendemain matin, je me lève reposée, avec un semblant d'énergie. Je passe deux coups de fil : un au banquier pour prendre enfin rendez-vous, un autre à Martha. Comme nous déjeunons au Wepler à midi trente toutes les trois, je lui demande de venir quinze minutes plus tôt pour qu'on puisse discuter un moment seule à seule. J'ai prévu de lui parler d'Évelyne, de lui raconter notre dernière conversation catastrophique.

Martha est déjà là. Elle a l'air si heureuse et épanouie depuis qu'elle m'a pris mon Henri. Je sais, j'exagère, ça ne s'est pas passé comme ça. Et ça n'a jamais été mon Henri.

Je m'installe à côté d'elle et nous nous embrassons. Martha est tellement banale, avec ses cheveux ternes coiffés en un chignon sans charme, ses joues rebondies, son double menton, ses yeux un peu tombants… D'un autre côté, elle est très gentille, très comme il faut. Très… chiante. Voilà. Alors pourquoi ? Pourquoi elle ?

— Lucie, tu voulais me voir en tête à tête ? Qu'est-ce qu'il y a ? C'est grave ? me demande-t-elle avec son air empathique et généreux qui aujourd'hui m'exaspère.

— C'est Évelyne. Je crois qu'elle va vraiment mal.

Je lui raconte tout. Martha est sous le choc.

— Il faut prévenir sa fille, me dit-elle. Elle est assez odieuse, entre nous, mais toi tu sauras très bien la cadrer.

— Pourquoi moi ?

— Parce que tu es aussi bourrue qu'elle ! dit-elle en me tapotant la main. Plus sérieusement, tu sais bien que je n'ai aucune autorité, tandis que toi, avec ta forte personnalité, ton assurance… je sais que tu sauras quoi faire.

J'ai honte de moi. Martha est toujours adorable, sincère, toujours prête à nous complimenter, à nous encourager. Quand je songe aux horreurs que j'ai pensées d'elle… Et puis je suis de mauvaise foi : elle est mignonne avec ses formes généreuses et son petit visage rond et délicat.

— Très bien, je vais l'appeler. Tu as son téléphone ?

Martha sort son répertoire et gribouille un numéro sur un bout de papier, que je range rapidement dans mon sac. J'en profite pour prendre ma bague. Le problème, maintenant, quand je la vois, c'est qu'elle me ramène toujours à ma situation désespérée.

Évelyne nous rejoint une demi-heure plus tard. Elle est en manteau de fourrure. Et on est en été.

Nous la scrutons, médusées, tandis qu'elle s'assoit en face de nous.

— Vous en faites, une tête ! J'ai du rouge à lèvres sur les dents ? Mon rimmel a coulé ?

— Tu n'as pas un peu chaud, avec ton manteau ? demande Martha.

— Oui, un peu. D'ailleurs, où est Lilian ? J'ai soif, moi. Vous n'avez pas commandé l'apéro ?

Je regarde Martha et hausse les épaules. Elle est peut-être en manteau de fourrure alors qu'il fait vingt-huit degrés dehors, mais elle va bien. Alors profitons-en.

Nous avons presque fini notre plat principal quand Martha prend la parole.

— Alors, vous ne me demandez pas des nouvelles de mon amoureux ?

Tout mon corps se tend, tandis que le visage d'Évelyne s'illumine.

— Vas-y, raconte ! Qu'est-ce que vous faites de beau, tous les deux ? Je veux tout savoir, tout ! dit-elle d'un air salace.

Pitié !

— On va s'acheter une voiture de sport ! lance Martha en jubilant.

— C'est génial ! répond Évelyne.

— N'est-ce pas ? C'est pour l'été, on voudrait partir en vacances. On a déjà notre programme : sillonner les petites routes de France, visiter les châteaux, dormir dans des auberges de charme, nous acheter de bons vins directement chez les producteurs…

— C'est génial ! répète Évelyne.

Ce que ne remarque absolument pas Martha, rendue totalement euphorique par son histoire.

— Vous achetez la voiture à deux ? demande Évelyne.

La femme d'affaires au sens pratique survit encore en elle, et je m'en réjouis.

— Oh non, c'est Henri qui l'achète ! Enfin, plus précisément, j'avance l'argent et Henri me remboursera.

— Comment ça ? je demande.

— Henri est trader et il démarre une nouvelle affaire.

Je brûle de lui dire que je suis au courant.

— Il a investi tout son argent, mais heureusement, ça démarre très fort, continue Martha. Le temps que ses caisses se remplissent, je paie la voiture et ensuite il me rembourse.

— Vous ne devriez pas attendre qu'il rentre dans ses fonds ? je demande.

— Hors de question, on veut partir en vacances, nous, et on veut notre voiture !

— Les papiers seront à vos deux noms, quand même ? questionne Évelyne.

— Non, juste au sien, moi je ne veux pas m'embêter avec la paperasse. Surtout qu'au bout du compte, ce sera sa voiture.

— Justement. En attendant, tu devrais mettre ton nom.

— Trop compliqué. Je n'ai pas envie de m'ennuyer avec tout ça.

— Mais au moins, il va te signer une reconnaissance de dette ?

— Évelyne, pour trente-cinq mille euros ? Franchement, je m'en fiche complètement ! dit-elle en riant.

Trente-cinq mille euros ! La tête me tourne. C'est tellement injuste : Martha a tout, l'argent qui coule à flots, l'amour, les voyages… Oui, je suis jalouse. Très jalouse, mais franchement, qui ne le serait pas à ma place ?

— Quand même, par principe…

— Laisse tomber, je l'interromps, cet argent, ce n'est qu'un minuscule détail pour elle. Et toi, Évelyne, comment tu vas, en ce moment ? je lui demande pour changer de sujet. Tu as pris rendez-vous chez le médecin, comme on te l'avait conseillé ?

— J'ai autre chose à faire et bien d'autres soucis en tête.

— Qu'est-ce qui t'arrive ? demande Martha.

— Il y a des gens qui viennent me voler chez moi, dit-elle en baissant le ton. Je suis sûre que c'est ma femme de ménage, et elle a des complices qui s'introduisent dans mon appartement.

— Pourquoi tu dis ça ?

— Des tas de choses disparaissent. Des objets de valeur, mes bijoux, mes vêtements, tout ! C'est grave. Je vais porter plainte, dit-elle, et elle se lève.

Martha et moi, on est atterrées.

— Tu ne vas pas y aller tout de suite, quand même ? je demande.

— Et pourquoi pas ?

— Pas aujourd'hui, s'il te plaît, dit Martha en lui attrapant le bras. Dans un premier temps, on va venir chez toi et tu feras la liste de ce qui te manque. Après on ira ensemble, d'accord ?

— Merci, les filles, je vous adore.

— Bon, vous prenez un dessert ? Un café ? Parce que je n'ai pas toute l'après-midi, j'ai des coups de fil à passer, dis-je en fixant Martha d'un regard entendu.

18

La fille d'Évelyne, Mathilde, est cadre dans je ne sais trop quelle boîte. J'attends la fin d'après-midi pour l'appeler sur son portable en espérant que je la dérangerai le moins possible. D'après Évelyne, elle finit toujours tard. Une voix excitée et, oui, Martha a raison, bourrue me répond. Elle s'adoucit légèrement quand je lui dis que c'est moi, Lucie, l'amie de toujours de sa mère, celle qui l'a vue naître.

— C'est un peu délicat, Mathilde, je commence. As-tu remarqué que ta mère a des soucis de mémoire ?

— Oui, bien sûr, mais c'est normal à son âge.

— Sauf que ses oublis sont franchement inquiétants.

— Si c'était le cas, je m'en serais rendu compte. Je suis sa fille, quand même !

Son ton est devenu cassant, brusquement, mais je la sens en réalité sur la défensive.

— Alors peut-être que les jours où tu l'as vue elle était en forme. C'est très inégal. Parfois tout se passe bien, mais parfois…

— Je sais, je la vois assez souvent pour en être tout à fait consciente.

— Mais l'autre jour elle m'a raccroché au nez parce que, d'après elle, ses parents venaient lui rendre visite et il fallait qu'elle aille faire des courses pour leur faire à manger. Tout à l'heure, elle était persuadée que des inconnus s'introduisaient chez elle pour la voler.

Silence au bout de la ligne. Mathilde accuse le coup.

Le silence se prolonge de manière inquiétante.

— Mathilde, tu es là ?

— Oui. Je vais aller la voir.

— Parfait, ça me rassurera. De toute façon, avec Martha, on avait l'intention de passer chez elle pour la tranquilliser, on allait lui démontrer que rien n'avait disparu dans son appartement. Tu sais qu'elle voulait porter plainte au commissariat ?

— Non, vous n'allez rien faire du tout, je gère la situation, c'est bien compris ?

— Bien sûr. Je suis désolée. Tu sais comme j'aime ta mère, et je devine que pour toi…

— Ça va aller. Je m'en occupe. Au revoir, Lucie, bonne soirée.

Et elle coupe la communication.

— Au revoir, Mathilde. Malpolie, va !

À peine ai-je raccroché que je téléphone chez Martha pour la mettre au courant.

— Allô ? Oui ?

Une voix d'homme. J'ai dû me tromper de numéro.

— Oh, pardon, c'est une erreur.

Je raccroche, recompose le numéro. Et retombe sur le même homme.

— Je suis bien chez Martha Michelet ?

— Absolument. Qui est à l'appareil ?

Oh non, quelle horreur, c'est Henri !

— Son amie Lucie. Je peux lui parler ?

M'a-t-il reconnue ? Est-il aussi embarrassé que moi ? En tout cas, il adopte la même méthode que la mienne en faisant semblant de ne pas savoir qui je suis.

— Elle n'est pas disponible…

J'entends alors Martha qui l'interrompt en s'écriant :

— C'est bon, je suis là ! Merci, Henri !

Puis, tout bas :

— C'est qui ?

— Lucie.

— Coucou Lucie ! crie-t-elle dans mon oreille. Quelles nouvelles ?

— Henri répond à ta place, maintenant ? dis-je, agacée.

— C'est qu'on est très occupés, aujourd'hui. Je t'avais dit qu'il était un expert en art ?

— Expert, maintenant ? Non, tu m'as juste dit que vous partagiez la « même passion ».

— Il est très calé. Il a découvert que beaucoup de mes toiles étaient endommagées et avaient besoin d'être restaurées. On a fait venir un restaurateur, il est là en ce moment, on passe toutes les peintures en revue. Du coup, il va aussi jeter un œil aux sculptures. Alors dis-moi vite pourquoi tu m'appelles, il faut que j'y retourne !

Bizarre, je les trouve en très bon état, ces œuvres. Mais je n'y connais rien, et puis il y a plus important.

— Juste pour te dire que j'ai parlé à Mathilde. Elle va s'occuper d'Évelyne.

— Formidable ! Merci de l'avoir fait. Elle n'a pas été trop désagréable ?

— Oh, tu sais, elle a…

Quelqu'un lui parle d'un ton légèrement énervé.

— Oui, oui, Henri, me coupe Martha, j'arrive tout de suite. Désolée, il faut que j'y aille, tu me raconteras tout ça en détail la prochaine fois. Au revoir, ma Lucie !

Cette conversation me laisse mal à l'aise sans que j'arrive à savoir réellement pourquoi. C'est vrai, Henri est sans-gêne et assez envahissant. Mais Martha a peut-être besoin d'un homme comme lui, qui prend tout en main pour elle. J'avoue que moi aussi, quand je l'ai rencontré, j'avais envie de me reposer sur lui. Mais jusqu'à quel point peut-on se livrer à un homme qu'on vient de rencontrer ?

À cette heure-là, Aimée a fini sa journée de travail. Si personne n'est venu lui demander une séance de divination, je passerais bien la voir. J'ai besoin de parler avec une personne bienveillante et amicale et, à part ma gardienne, je n'ai aujourd'hui personne pour remplir ce rôle. Mais je vais arrêter de me lamenter sur mon sort, et plutôt admettre que cette jeune femme est devenue bien plus qu'une gardienne pour moi.

J'ai de la chance, Aimée est seule chez elle. Elle me fait entrer et m'offre un verre de jus de fruits bien frais. Il fait encore très chaud, en cette fin de journée, et sa loge est une étuve.

— Comment faites-vous pour supporter cette chaleur ? je lui demande.

— Je ne la supporte pas ! réplique-t-elle en éclatant de rire.

Puis, reprenant son sérieux :

— Vous avez des soucis, on dirait.

— Ça se voit tant que ça ?

— Je commence à vous connaître, Lucie. Allez, dites-moi ce qui ne va pas.

— Plusieurs choses, en fait. D'abord, j'ai une nouvelle qu'on va considérer comme bonne : Kylie a décidé de garder le bébé.

— Elle a contacté le père ?

— Elle a essayé. Il n'a pas répondu.

— Mouais. Ça ne va pas être facile pour elle, vous ne croyez pas ?

— Elle est très forte et très dégourdie, elle s'en sortira.

— Vous l'aimez beaucoup, on dirait ?

Cette remarque me touche. C'est vrai, j'aime beaucoup Kylie, elle est pourtant si différente de toutes les personnes que j'aie jamais eu l'occasion de connaître.

— Il paraît que je suis plus cool que sa mère, dis-je. En même temps, ce n'est pas très difficile !

— C'est sûr ! Mais j'ai l'impression qu'elle aura besoin de vous. J'espère que ça ne vous fait pas peur ?

— Moi ? Dans ma situation et dans l'état dans lequel je suis, je ne me vois pas capable de soutenir qui que ce soit.

— Racontez-moi, qu'est-ce qui vous arrive ?

— J'ai la trouille, Aimée. J'ai rendez-vous dans deux jours chez le banquier. Je vais devoir faire un prêt pour rembourser mes dettes. Vingt mille euros, vous vous rendez compte ? J'ai tellement peur que le banquier refuse à cause de mon âge, ou de mes maigres revenus. Et là, qu'est-ce qui va se passer ? J'ai ma bague, la bague de mamie Odette, mais si je dois la vendre, je ne suis pas sûre de m'en remettre.

— Vous ne m'avez pas dit que vos enfants étaient riches ? D'après Kylie, ils sont obligés légalement de vous aider, non ?

— Je crois qu'ils n'en ont aucune envie.

— Ce n'est pas une question d'envie mais de devoir.

— Je viens d'appeler ma fille, elle m'a envoyée balader.

— Je peux la confronter, moi, si vous voulez, la mettre en face de ses responsabilités. Parce que vous,

vous êtes trop dans l'émotion. Ou alors je téléphone à votre fils ?

— Pour lui dire quoi ? Que vous êtes ma gardienne et que vous vous inquiétez pour moi ?

Elle réfléchit un instant.

— Vous avez son numéro ? demande-t-elle en lançant un œil à mon portable posé sur sa table.

— Qu'est-ce que vous allez faire ?

— Donnez-le-moi. Je suis une comédienne-née ! J'ai raté ma vocation, lance-t-elle, un sourire jusqu'aux oreilles.

Aimée se racle la gorge, compose le numéro sur son téléphone et prend un air très sérieux.

— Monsieur Leblanc ? Alice Vermont. Je suis assistante sociale. J'ai ici le dossier de votre mère, Mme Lucie Leblanc.

J'entends mon fils répondre, mais je ne distingue pas ses paroles.

— Votre mère doit éponger les dettes contractées par son mari, votre père, donc, mais visiblement la succession l'a laissée sans aucune réserve financière. Contrairement à vous et à votre sœur.

J'entends des éclats de voix.

— Je ne sous-entends rien, monsieur Leblanc, ce ne sont que des faits que je vous expose. Votre mère n'est pas en capacité de payer ses dettes, qui s'élèvent à vingt mille euros.

Je crois percevoir une interjection et tends l'oreille.

— Oui, c'est vrai, ce n'est pas rien. Vous imaginez qu'avec sa toute petite retraite, votre mère s'inquiète. Et vous n'êtes pas sans savoir, monsieur, que les enfants sont responsables de leurs parents lorsque ceux-ci ne peuvent plus subvenir à leurs besoins. J'ai le regret de vous annoncer que votre mère en est arrivée là.

Mon fils se lance dans une longue diatribe, il a l'air glacial, hargneux. Peut-être que je m'imagine tout ça, mais en tout cas je suis persuadée qu'il n'est pas en train de répondre qu'il est désolé pour sa mère chérie et qu'il envoie tout de suite un chèque.

— Très bien, répond Aimée sèchement. Nous allons donc devoir lancer une procédure. Réfléchissez quand même, monsieur, parlez-en à votre sœur, évitons le scandale. Je vous rappellerai bientôt.

Elle me regarde, éloigne le téléphone de son oreille et le fixe.

— Ah oui, il a raccroché !

— Un truc de famille, je réponds sombrement. Alors ? Il s'en fiche, de moi, pas vrai ?

— Pas exactement. Il…

À cet instant, mon téléphone sonne. C'est Philippe !

— Décrochez, allez ! me dit Aimée. Et soyez implacable !

Tu parles !

J'ai toujours du mal à manier cet appareil, ça me rend nerveuse, surtout dans un tel moment. J'appuie plein de fois un peu partout jusqu'à ce que je parvienne à décrocher, mais j'ai mis le haut-parleur et le son est très fort. Aimée me fait signe que tout va bien, que ça ne la dérange pas. Je n'ai pourtant pas spécialement envie qu'elle entende tout cet affreux déballage familial.

— Bonjour, mon chéri !

Il se dépêche de me demander des nouvelles sans écouter ma réponse puis, agacé, il lance :

— Maman, c'est quoi cette histoire de dette et de procédure ?

Je me mets à bafouiller.

— Ça n'est pas possible, tu ne peux pas nous demander de sortir vingt mille euros, tout ça parce que notre père a fait n'importe quoi ! On n'a pas à payer pour lui ! Et ne me dis pas que tu penses sincèrement à poursuivre tes propres enfants en justice !

— Non, bien sûr ! Mais grâce à lui, vous avez quand même fait un bel héritage.

— Avec tout ce que le fisc nous a pris, il ne nous reste presque rien. Et puis, désolé, maman, je n'ai plus d'argent, je viens de faire un très gros prêt immobilier pour une maison.

— Tu déménages ?

— Non, une résidence secondaire au Cap-Ferret. Ça coûte une blinde, par là-bas… Écoute, avec un petit prélèvement chaque mois sur ta retraite, ça va bien se passer, tu t'en rendras à peine compte. Je parie que tu ne payes même pas d'impôt ! Franchement, maman, ça va, pour toi. Et sinon, tu te plais dans ton nouvel appartement ? Sympa, le quartier, hein ? Je me suis dit que tu serais contente d'être près d'un parc.

— Oui, oui, merci. C'est formidable.

— Avec Astrid, on passera te voir un de ces jours, d'accord ?

— Avec grand plaisir. Je suis libre le week-end prochain si…

— Je te rappellerai. Bisous, maman ! Prends bien soin de toi !

Aimée me fixe, interloquée.

— C'est vraiment votre fils ?

— Eh oui, je l'ai bien réussi, n'est-ce pas ? Vous comprenez pourquoi je me remets beaucoup en question sur mes capacités maternelles.

— En tout cas, vous et moi, pour impressionner les gens ou les intimider, on est vraiment nulles !

19

Mathilde n'a pas tardé à me rappeler au sujet de sa mère. Pour me tranquilliser, m'a-t-elle affirmé d'un ton bien plus aimable que la dernière fois.

— Je l'ai emmenée chez son généraliste, il n'avait pas du tout l'air inquiet.

— Tu lui as dit ce que je t'avais raconté ?

— Oui, mais il s'est montré très rassurant.

— Évidemment, il ne voulait pas vous paniquer !

— Mais laisse-moi t'expliquer ! s'énerve Mathilde. Il lui a prescrit des examens, et en attendant il lui donne des anxiolytiques. Il pense que ce sont ses angoisses qui la perturbent.

— Des angoisses ? Évelyne ? Première nouvelle !

— Tu n'en as pas, toi ?

Si elle savait ! Mais moi, j'ai de quoi les alimenter.

— Oui, mais…

— Et c'est normal. Le docteur m'a bien expliqué que quand on arrive à vos âges, qu'on vit les dernières années de sa vie, on stresse. On déprime, même, si on ne sombre pas dans une dépression.

— C'est très gentil à toi de me prévenir. Merci. Et il a dit ça devant Évelyne ? Parce que moi, j'entends ça, j'avale directement la boîte de cachets.

Mathilde me répond en riant, comme si ce que je venais de lui dire était très drôle.

— Et selon les résultats de ses examens, tu l'emmèneras voir un spécialiste ? je demande.

— Si les résultats sont mauvais, son médecin nous dira quoi faire. Il connaît son métier, réplique-t-elle, et je sens que je recommence à l'agacer. Et en attendant, on l'emmène passer une semaine avec nous au Club Med. Ça va la remettre en forme, tu verras.

— Très bien, ça te donnera l'occasion de juger de son état.

— Lucie, je connais ma mère mieux que n'importe qui. Je n'ai pas besoin qu'on m'explique comment elle va, je suis parfaitement au courant.

— Parfait, alors, passez de bonnes vacances, et n'abusez pas du Xanax !

— C'est quoi son problème ? je demande à Émile après avoir raccroché. Elle ne veut pas qu'on sache qu'Évelyne devient gâteuse ? Elle est en plein déni ? Ou elle n'a pas envie de s'occuper de sa mère ? Normalement, de tous nos enfants, à Martha, Évelyne et moi, Mathilde est la seule qui soit sympa avec sa mère. J'aimerais bien qu'elle le reste aussi quand les difficultés surviennent. Je t'assure, Émile, j'aimerais au moins qu'elle, elle ne me déçoive pas. Mais quoi qu'il arrive, je n'abandonnerai pas ma vieille copine, moi.

Patiemment, Émile m'écoute me plaindre de tout, du banquier qui m'octroie un prêt en me saignant à blanc avec ses intérêts faramineux, de mes amies qui s'éloignent, d'Henri que je trouve trop envahissant dans la vie et les affaires de Martha. Mathilde a raison, je sens l'angoisse monter. Je prends mon sac et me dépêche de sortir. Je vais aller me promener dans le parc et admirer les fleurs.

Je suis en train de verrouiller la porte quand j'entends le violon de Victoire. C'est ça qu'il me faut ! De la musique, des voisins sympathiques, une présence humaine. Et au lieu de partir marcher toute seule, je grimpe les cinq étages.

J'arrive totalement essoufflée devant la petite chambre de bonne. Victoire, avec sa pose gracieuse, me fait penser à l'héroïne d'un de mes romans : baignée par la douce lumière du soir qui filtre à travers la petite lucarne, son beau visage aux yeux baissés, son chignon souple, ses doigts qui courent sur l'instrument… Quand soudain, un aristocrate prétentieux au regard de braise déboulerait dans la pièce, furieux (pour quel motif ? Eh bien, je ne suis pas écrivaine, moi), et ce serait le début d'une histoire parfaite pour me faire tout oublier. Mais en guise de beau jeune premier, je ne trouve que Guy, hypnotisé par la musique ou par la musicienne, allez savoir, et deux autres habitantes de l'immeuble.

Guy se lève pour me laisser passer et je me faufile jusqu'à une petite chaise pliante. Victoire est vraiment douée et son violon m'emporte. Lorsqu'elle termine son morceau, nous l'applaudissons tous les quatre avec énergie.

— Madame Leblanc, ravie de vous revoir ! me dit-elle gentiment. Vous connaissez Margaux et Charlotte ?

Mes voisines se tournent vers moi et me sourient.

— Moi, c'est Margaux, me dit la petite blonde, j'habite au quatrième.

— Moi, c'est Charlotte, on est en face de Margaux.

— Charlotte et Alexandre ont deux enfants, vous avez dû les voir ? Une grande fille et un petit garçon ?

Je comprends. C'est chez Charlotte qu'Hyppolite allait jouer, avant.

— Oui, je les ai aperçus, ils sont très mignons et bien élevés.

— Ah bon ? me répond leur mère, sincèrement surprise.

Margaux éclate de rire.

— Eh oui, Charlotte, il n'y a qu'avec leurs parents qu'ils sont insupportables ! Lou, c'est sa fille, dit-elle en se tournant vers moi. Avant, elle collectionnait les insectes, maintenant elle se passionne pour les films d'horreur. Minimum interdits aux moins de douze ans, je précise. Et quel âge elle a, hein, la mère indigne ?

— Tu peux parler, toi, avec ton obsession pour les films d'horreur. Si ça se trouve, c'est juste pour faire comme toi, elle t'adore !

— C'est ça, c'est ma faute, maintenant ! Il faut assumer, réplique Margaux en tapant amicalement sur l'épaule de sa copine.

— C'est parce qu'elle est en avance pour son âge, se défend-elle, gênée, en se tournant vers moi. Elle a dix ans. Et elle sait très bien se servir des tablettes et des ordis derrière notre dos. Son père a mis plein de protections, maintenant, et comme elle n'est pas encore une hackeuse professionnelle, ça devrait le faire.

— Si j'étais toi, je ne m'avancerais pas trop, intervient Victoire. Ces gosses sont tous des geeks. Et ta fille est à bonne école, avec son père.

— Merci, je me sens beaucoup mieux, réplique Charlotte.

— J'ai fait connaissance avec le petit Hyppolite, dis-je. C'est mon voisin de palier, je le vois souvent.

— Ah oui ? intervient Margaux. Je parie qu'il vient tout le temps sonner à votre porte ! C'est une manie, dans cet immeuble, les gens viennent sonner chez vous n'importe quand !

Elle rigole franchement et, pour la première fois de la journée, je souris, amusée.

— Oui, c'est fréquent.

— Ça surprend un peu au début, quand on emménage. Après, on s'habitue. C'est une des caractéristiques de cet immeuble. On vit un peu tous ensemble, vous voyez ?

— Sans compter qu'on a une salle commune, ajoute Victoire.

On se tourne tous vers elle. Elle est en train de frotter son instrument avec un chiffon.

— Ben oui, ici ! dit-elle. Ça ne désemplit pas !

Je m'adresse alors à Charlotte.

— Pour en revenir à Hyppolite, j'ai cru comprendre qu'avant il jouait souvent avec votre fils ?

Elle a l'air brusquement très gênée. Les deux familles sont-elles fâchées ?

— Oui, c'est vrai, mais maintenant ils ne sont plus dans la même école. Hyppolite est en primaire et Gabriel à la maternelle. Ils se voient moins, du coup.

— Hyppolite croit que c'est vous, les parents, qui ne voulez pas qu'il vienne chez vous parce que vous travaillez trop. Pardonnez-moi si je suis indiscrète, mais est-ce que c'est le cas ? Parce que ce petit garçon est tellement seul… Son copain de l'immeuble lui manque.

Charlotte rougit. D'accord, je mets les pieds dans le plat mais il faut bien le défendre, Hyppolite, si personne ne le fait. Et je ne sais pas ce qui se passe entre les parents, mais ce n'est pas mon problème.

— Vous avez raison. Et Gabriel sera content de jouer avec lui. Je… je vais en parler à son père, on va l'inviter.

— Merci pour lui. Il me fait tellement de peine, et il est si mignon.

— Faites attention, me dit Margaux, autre point important, dans cet immeuble : on se met vite à vouloir aider tout le monde, et croyez-moi, ça ne vous attire que des emm… des ennuis.

Victoire éclate de rire, Charlotte affiche un sourire coincé, et Guy les observe avec des yeux lumineux et gourmands. Il les apprécie beaucoup, ces charmantes jeunes femmes.

— Je vous raconterai, un jour, poursuit Margaux.

— Et si vous avez besoin de vous détendre, c'est une excellente chiropractrice, elle exerce dans le quartier, dit Victoire qui a remisé son violon dans son étui et rangé toutes ses partitions.

— Merci, c'est bon à savoir, dis-je. J'y penserai.

Margaux me lance un sourire chaleureux, et je me lève pour rentrer chez moi. Et là, ça me reprend. Une petite angoisse à l'idée de me retrouver seule à ressasser toutes les mauvaises choses qui m'arrivent et qui arrivent à mes deux meilleures amies.

— Au fait, Guy, ça vous ennuierait de passer chez moi ? J'ai un petit problème avec mon lave-linge…

— Je viens maintenant, si vous voulez ?

Je fais mine de réfléchir.

— Oui, pourquoi pas. On y va ?

— Allez. Je vous suis.

Alors que nous descendons l'escalier, je me demande ce que je vais pouvoir inventer. Alors j'improvise :

— Hier, il n'a pas voulu démarrer. Je n'ose plus réessayer.

— Ça doit être le filtre. On va regarder.

Heureusement, le filtre est plein et Guy ne se doute pas de mes manigances pour l'attirer chez moi.

— Je vous offre un verre pour vous remercier ! dis-je.

— S'il vous reste un peu du pastis de la dernière fois, c'est pas de refus. Et cette fois, c'est vraiment l'heure de l'apéro !

— Je n'ai pas encore de table, dans le salon, ça vous ennuie si on s'installe dans la cuisine ?

J'invite Guy à s'asseoir, sors la bouteille, les verres, les glaçons, et je déniche un paquet de chips dans le placard.

— Euh... vous le buvez sec, vous ? me demande Guy.

— Oh pardon, avec de l'eau ce serait mieux ! Alors, dites-moi comment ça va. Les rendez-vous, tout ça ?

— Point mort, si vous voulez tout savoir. Je fais une pause, j'en ai marre.

— Ha ? Pourtant, l'été, c'est propice aux rencontres, vous ne croyez pas ?

— J'ai d'autres soucis en tête.

— Et... vous voulez en parler ou c'est confidentiel ?

— Malheureusement, tout le monde est au courant dans l'immeuble. Vous vous souvenez, la première fois que vous êtes montée écouter Victoire ? Elle vous a parlé des jouets cachés dans la chambre et du calendrier gravé sur le mur.

— Bien sûr que je m'en souviens, je n'ai pas Alzheimer ! dis-je sur la défensive.

— Pardon, c'est pas ce que je voulais dire. Ça fait longtemps, maintenant, qu'on a découvert tout ça et j'ai eu beau fouiller dans les affaires qui étaient restées dans la pièce, je n'ai rien trouvé d'autre pour m'aider à comprendre. Les jouets, passe encore, on peut supposer plein de choses toutes bêtes, comme des gosses qui auraient fait je ne sais quel jeu en se débrouillant pour entrer dans la chambre. Je n'ai aucune idée ni de qui ni du comment, mais à cette époque j'étais qu'un gamin, et ensuite je suis parti en pensionnat, donc c'est normal que je sois dans le flou. Mais le calendrier gravé ? Hein, c'est pas bizarre ? Dans ma tête, ça tourne à l'obsession, je suis persuadé que c'est très important pour moi que je sache ce qui s'est passé. Pourtant, c'est évident que je n'aurai jamais l'explication.

— Mais pourquoi est-ce si important ?

— Je ne sais pas, je le sens, c'est tout. Un truc de famille qu'il faut absolument que je découvre.

Quelqu'un a gravé le passage des jours sur un mur, c'est dérangeant, non ?

— Vous avez des hypothèses ?

— J'en ai plein ! Celle que je préfère, c'est de croire que mon grand-père est revenu. Il était communiste et résistant, et après la guerre il est parti en URSS, comme on disait à l'époque. En fait, il a disparu. Et s'il était devenu un espion au service des Russes ? Ou un agent double ? Vous avez lu John Le Carré ? Il y en avait plein, dans ce temps-là. Imaginez qu'il ait eu des ennuis, ou qu'il soit venu en mission en France, incognito. Et s'il s'était caché là ?

— Pendant deux ans ? C'est drôlement long comme mission !

— J'en sais rien. Peut-être pas tant que ça.

— Donc vos parents l'auraient aidé, ils l'auraient caché. Mais dites-moi, il n'était pas un peu vieux pour jouer les espions, à ce moment-là ?

— Je crois qu'il est né en 1916. Comme Mitterrand, vous voyez. Le gars, en 1979, il n'était même pas encore président, et ensuite, on est d'accord, il l'a été pendant quatorze ans. Alors à mon avis, si on peut gouverner un pays à cet âge-là, on peut bien être espion. Pas un boulot à la James Bond, c'est sûr. Un truc moins physique, plus pépère.

— Mouais. Un espion pépère...

— Mais je fais comment, pour le savoir ?

Je réfléchis un moment.

— Votre grand-père, à un moment, il est mort. Et si votre père était dans le coup, il a dû s'occuper de déclarer le décès et d'organiser les funérailles. Cherchez votre grand-père !

— Comment ?

— Faites une demande d'acte d'état civil à son nom. Naissance, décès... Vous verrez bien. Ou cherchez dans la paperasse de votre père, il doit avoir reçu l'acte de décès. Je me souviens, il y avait celui de ma grand-mère dans le livret de famille de mes parents. Et dessus, on donnait la date de mort de mon grand-père qui l'avait précédée de quelques années. Quand on a les papiers familiaux, on retrouve tout ! Et vu que votre famille vit dans cet immeuble depuis je ne sais combien de générations, je suis sûre que toutes vos réponses sont là, sous ce toit.

— Merci, Lucie, vous êtes tellement intelligente !

— Mais non, voyons, ce n'est que du bon sens. Et l'expérience des années.

— Si je découvre quoi que ce soit, vous serez la première à le savoir.

— J'y compte bien !

Août

20

Peu après le 15 août, nous nous réunissons chez Martha pour célébrer nos retrouvailles après la longue séparation estivale. Comme chaque année, grâce à ma prescription médicale, j'ai pu partir en cure thermale et je me suis bien changé les idées. Revoir Martha et Évelyne me fait plaisir, mais ça me ramène à tous les problèmes et tous les doutes qui me rongeaient avant qu'on ne se sépare pour nos congés : l'état de santé d'Évelyne et la présence envahissante, limite inquiétante, d'Henri dans la vie de Martha.

Évelyne est en forme, encore bronzée par la semaine qu'elle a passée au Club Med en Grèce avec la famille de sa fille, et reposée par la cure qu'elle aussi suit chaque été. Martha, elle, a perdu sa mine resplendissante d'avant ses vacances et je la trouve même un peu pâle. Jana a dressé la table dans la salle à manger et nous nous installons pour déjeuner. La gouvernante a l'air contrariée. Qu'est-ce qui se passe ici ? Je regarde autour de moi : tous les tableaux ont disparu.

— Alors, Évelyne, c'était comment, la Grèce ? je demande.

— Fabuleux !

— Ça a dû te faire du bien d'être avec ta famille ! ajoute Martha.

— Je ne les ai pas vus tant que ça, ils avaient tous leurs activités : Mathilde prenait des cours de tennis, les enfants étaient au club et Roland… Qu'est-ce qu'il faisait, Roland ?

Évelyne se concentre avant de capituler.

— Je ne sais plus, mais je ne le voyais pas de la journée ! Et puis il y avait les excursions…

— Vous êtes allés où ? interroge Martha.

— Oh, non, pas moi, c'est trop fatiguant, et il faisait beaucoup trop chaud pour que je me promène en plein soleil ! Non, je suis restée dans le centre. Il y avait d'autres grands-mères très sympas avec qui j'ai passé de bons moments.

— Et toi, Martha, vous êtes partis vous balader dans votre belle voiture ?

— Oui, on n'a pas arrêté de rouler ! C'était épuisant ! C'est sûr qu'avec une voiture de sport flambant neuve, on peut en faire, des kilomètres. On a visité des châteaux, des églises, on a été dans des hôtels splendides, c'était magique ! Et devinez quoi ? J'ai joué au casino ! Enfin, Henri. Moi j'étais sa mascotte, comme il disait.

— Et vous avez gagné ? demande Évelyne, tout excitée.

— Pas vraiment, non. Et pourtant on a visité beaucoup de casinos.

— Tu parles d'une mascotte, je ne peux m'empêcher de dire.

Martha me sourit.

— C'est sûr ! De toute façon, moi, les jeux d'argent, ce n'est pas mon truc.

— On s'en doute, tu préfères fréquenter les curés que les croupiers ! lance Évelyne, hilare.

J'ignore sa mauvaise blague et demande :

— Vous avez perdu beaucoup ?

— Aucune idée ! Je n'ai pas compté, quelle importance ? Henri était tellement content.

— Quand même, il faut faire attention.

— Oh, que tu es rabat-joie ! lâche Martha, agacée.

Jana, qui est en train de desservir, me fixe bizarrement. Avec insistance. Elle trouve que j'ennuie sa patronne, ou que j'ai raison de la questionner ?

— En tout cas, Henri a beaucoup d'influence sur toi. Tu dépenses sans compter, tu...

— Oh, fiche-moi la paix, Lucie ! Pour une fois que je suis heureuse, que je m'amuse un peu.

Je suis allée trop loin. Je change de sujet, raconte ma cure thermale en essayant de rendre vivante la description de vacances aussi mornes que banales. Je déguste mon paris-brest puis Jana nous informe qu'elle a servi le café au salon.

Stupeur : ici aussi les tableaux ont disparu.

— Où sont tes toiles ? je ne peux me retenir de demander.

Je sens ma poitrine se contracter. J'ai comme un mauvais pressentiment. Je me souviens alors des paroles de Kylie puis d'Aimée sur Henri. Et si… Et si elles avaient raison ?

— Je les fais restaurer, répond Martha.

— C'est Henri qui t'a dit de le faire ?

— On a pris la décision tous les deux après que l'expert est passé. Grâce à Henri, je vais sauver la collection familiale. Tout avait été négligé depuis si longtemps ! C'était dans un état lamentable.

— Vraiment ? À moi ils me semblaient tous en très bon état. Tes sculptures aussi, j'imagine, avaient besoin d'être restaurées ?

— Absolument, et elles vont revenir encore plus belles !

— Évelyne, tu trouves aussi que toutes les toiles avaient besoin d'être restaurées ?

— De quelles toiles vous parlez ? demande-t-elle de son air perdu.

— Oh, laisse tomber, dis-je, abattue. Au fait, tu as les résultats de tes examens ?

— Mais quels examens ? Pourquoi tu me poses toujours des questions qui ne veulent rien dire ?

— Parce que Lucie est une emmerdeuse ! s'écrie Martha, elle qui ne jure jamais.

Évelyne la regarde, stupéfaite.

— Oh, Martha !

— Ah oui ? je réplique. Alors dis-moi, tu les récupères quand, tes tableaux ? Tu le sais ?

— Non, et je m'en contrefiche. Henri s'occupe très bien de moi, il sait parfaitement ce qu'il fait. Je t'ai dit qu'il était un expert en art.

— Et depuis quand ?

— Ça suffit, Lucie. Je sais tout, figure-toi ! Je sais que tu as rencontré Henri avant moi et que tu es tombée amoureuse de lui. Désolée, ma chère, il m'a préférée à toi. Tu es tellement dure, agressive. Henri avait besoin d'une femme douce, gentille, attentive, comme moi. Alors maintenant tu es jalouse de notre bonheur, et tu veux le détruire. Mais tu n'y arriveras pas, parce qu'Henri et moi on est bien au-dessus de ça ! On est en totale communion… On n'a besoin de personne, et surtout pas de personnes nuisibles et toxiques.

Je suis tellement sous le choc que je suis incapable de répondre. Évelyne, perplexe, nous regarde tour à tour à la manière d'une spectatrice pendant un match de tennis. Elle lâche des petits « mais… mais… » que nous ignorons.

Je me lève, tremblante. Je dois être livide. Et je sors de la pièce. Je n'ai plus rien à faire ici.

J'appelle Jana pour qu'elle m'apporte ma veste.

— Ne l'abandonnez pas, murmure-t-elle en me tendant mon vêtement. Elle est tombée entre de mauvaises mains…

Évelyne surgit à cet instant, hagarde.

— Lucie, qu'est-ce que tu fais ? Ne sois pas fâchée ! Reviens !

Les paroles de Jana m'ont ébranlée encore plus que je ne l'étais déjà. Je suis à bout. Je regarde la fidèle gouvernante, hoche la tête puis pars en refermant la porte derrière moi.

Lorsque j'émerge du métro Laumière, je suis toujours bouleversée. Je me sens vidée, triste, démunie. Depuis que je connais Martha, elle ne s'est jamais comportée de cette façon. Laide, agressive, injuste. Henri lui aurait-il retourné le cerveau ? Et qu'est-ce qu'il trafique avec elle ?

En remontant l'avenue, je passe devant le salon. Kylie est seule à l'intérieur. Je pousse la porte.

— Lucie ! m'accueille-t-elle. C'est gentil de passer me voir !

Son ventre a bien poussé, elle a pris des joues et elle semble plus sereine.

— Vous êtes toute seule ?

— C'est l'heure creuse. Et Delphine a pris sa demi-journée. Vous allez bien ?

— Bof, et vous ?

— En pleine forme !

— Et comment va le bébé ? dis-je, parce que je ne peux pas lui déverser mes angoisses, malgré l'envie que j'en ai, et parce qu'on pose toujours cette question à une femme enceinte quand on est poli.

— Je vais vous montrer les photos de la deuxième échographie ! dit-elle en attrapant son téléphone.

Je ne suis pas très émue par les clichés noir et blanc de cette petite larve humaine. Je suppose que ça transporte les parents et les grands-parents, mais les autres, franchement, qu'est-ce que ça peut bien leur faire ? Comme les interminables albums photo de mariage, et de baptême, quand on doit s'extasier sur les vedettes du jour et trouver un aimable commentaire devant le portrait de la cousine, du gendre, de l'oncle du marié ou du baptisé, et j'en passe... Mais je digresse, et Kylie est si fière, si heureuse, et puis je l'aime bien, cette petite. Alors je fais un effort.

— Il vous ressemble, non ?

Elle éclate de rire.

— À ce stade, c'est dur à dire. Et à priori, c'est une fille !

— Une petite fille ! Oh, bravo, Kylie !

— Merci, c'est grave gentil.

— Et le papa ? Il a vu les photos ?

Kylie se rembrunit.

— Non. Je vous l'ai dit, il ne répondait pas à mes appels et à mes messages. J'ai lâché l'affaire. Je vais me débrouiller toute seule.

— Mais vous l'avez prévenu, pour votre grossesse ?

— Je n'allais pas le faire par texto. Mais vu qu'il veut pas me parler, je fais comment ?

— Je ne sais pas, allez le voir. Il a le droit de savoir, vous ne pensez pas ?

— S'il ne me répond jamais, c'est qu'il ne veut plus rien avoir à faire avec moi. Il y a un moment, je peux plus le forcer.

— Il va avoir une fille ! Quand même. Et puis vous savez, c'est dur à vivre, la solitude.

21

Je passe un petit moment au salon avec Kylie jusqu'à l'arrivée d'une cliente puis je pars marcher au parc. Autour de moi, les enfants courent en criant et en riant, les parents discutent entre eux, des couples se promènent main dans la main. Parmi la foule des petits qui entourent le bassin de la pêche aux canards et se pressent les uns contre les autres, je cherche Hyppolite des yeux, mais je ne crois pas qu'il soit rentré de vacances. Je m'assois alors sur un banc et laisse mes larmes couler. Je pleure sur mon sort, sur celui de mes copines. Ah, elle n'est pas belle, notre vieillesse. Si je m'étais attendue à ça, plus jeune…

De retour chez moi, je remarque que mon répondeur clignote. Évelyne. Elle m'a laissé trois messages où elle me supplie de la rappeler. « Je ne supporte pas que mes deux meilleures amies soient fâchées », répète-t-elle chaque fois. « S'il te plaît, décroche, espèce de tête de mule bornée ! » crie-t-elle au troisième message. Évelyne finit toujours par me faire rire. Je prends le combiné pour l'appeler quand on sonne à ma porte.

— Hyppolite !

— Bonjour Lucie ! dit-il, et il se précipite sur moi pour me faire la bise.

Je sens ma gorge se serrer. Ça suffit, d'être émotive comme ça !

— Tu es rentré depuis quand ?

— Depuis là. Tiens, je t'ai rapporté un cadeau, dit-il, tout fier, en me tendant un petit paquet.

— Oh, mais il ne fallait pas !

— Ben si. Ouvre, tu vas être contente.

— Oh, des caramels ! dis-je en m'extasiant.

Ça fait bien longtemps que je ne peux plus manger de trucs qui collent aux dents, mais c'est tellement gentil de sa part. Je l'entoure de mes bras et dépose un baiser sur son front.

— Merci, Hyppolite, tu es vraiment trop gentil.

— Tu as reçu ma carte postale ?

— Bien sûr ! Viens voir où je l'ai mise !

Je l'entraîne au salon. Une carte avec un chat étendu sur une chaise longue et une bulle où il est écrit « Trop bien les vacances ! » trône sur la cheminée, à côté de la photo d'Émile. Même si je ne suis pas une mamie à chats, ça m'a beaucoup touchée de la recevoir, ça m'a changé des factures.

— Je savais que ça te ferait plaisir ! dit Hyppolite.

De nouveau, on sonne à la porte. Son père est là, avec une femme que je reconnais. Elle aussi habite l'immeuble.

— Bonjour, madame Leblanc, je ne vous dérange pas ? Hyppolite est chez vous ?

Le petit garçon se faufile derrière moi et fait coucou à son père.

— Vous connaissez Mme Barkatte ? dit-il en posant avec affection la main sur l'épaule de la jeune femme. Leïla habite au-dessus de chez nous.

— Oui, nous nous sommes déjà croisées, dis-je en lui tendant la main.

Alors c'est chez elle que le père d'Hyppolite passe ses soirées ? Beau couple, certes, mais quand même, cet enfant est bien jeune pour rester seul si souvent.

— Allez, Hyppolite, file à la maison ! lui ordonne son père.

— Je l'emmène, ajoute Leïla en entraînant le petit garçon dans l'appartement.

Après leur départ, Thomas Lefeuvrier se lance dans un petit discours sur son fils qui n'a pas eu une vie facile, et cetera, et cetera.

— Je sais qu'il vient souvent vous voir, ajoute-t-il, et je voulais vous remercier de lui ouvrir votre porte.

— Hyppolite est adorable, et il vaut la peine d'être connu.

— Mais merci, sincèrement, vous lui faites beaucoup de bien. Une présence maternelle… Vous êtes au courant que sa mère…

— Oui, je l'interromps. Enfin, il serait plus heureux s'il s'amusait avec des enfants de son âge plutôt qu'avec une mamie. Il m'a parlé d'un copain, au quatrième, vous allez lui permettre de retourner jouer chez lui ?

Thomas Lefeuvrier rougit.

— Ce n'est pas que votre fils me dérange, au contraire. On est un peu seul, à mon âge, et Hyppolite est une bouffée d'air frais. Mais je dis ça pour lui.

— C'est que… Je ne peux pas toujours solliciter les voisins et…

— J'ai croisé Mme Delair – Charlotte, c'est ça ?

Il devient écarlate. Mais qu'est-ce qui s'est passé entre ces deux-là ? Elle aussi était toute rouge quand je lui ai parlé d'Hyppolite. Un truc très gênant ? Ou alors une histoire de fesses ? Je poursuis :

— Et donc elle m'a dit qu'elle n'avait rien contre la visite d'Hyppolite pour qu'il puisse s'amuser avec son copain et qu'elle vous contacterait. Mais c'était juste avant les vacances. Vous l'avez vue, depuis ?

J'ai l'impression de soumettre ce pauvre homme à la torture.

— Non, mais on va s'en occuper. Merci infiniment, madame Leblanc.

— Oh, mais de rien ! Je ne veux que le bien de ce petit.

Sous-entendu : et vous, vous y pensez ? Probablement trop subtil pour lui…

Une fois seule, j'appelle Évelyne. Je suis soulagée qu'elle se souvienne des raisons de mon coup de fil. Je me rends compte que maintenant, malgré les paroles rassurantes de sa fille et sa bonne mine de tout à l'heure, j'ai toujours une petite angoisse avant de la voir ou de lui téléphoner, me demandant chaque fois si elle aura toute sa tête.

— Lucie, il faut que ça cesse, dit-elle d'une voix tremblotante. Vous devez vous rabibocher, toi et Martha. Sinon… sinon… je ne m'en remettrai pas.

— Je suis désolée, mais c'est elle qui m'a agressée. Quand elle voudra bien s'excuser, on verra.

— Retrouvons-nous chez moi, en terrain neutre, je suis sûre que Martha s'excusera.

— Et pourquoi elle le ferait ?

— Parce que. Fais-moi confiance.

— Mais tu ne t'inquiètes pas pour elle, toi, ces derniers temps ? Tu ne le trouves pas louche, cet Henri ? Et ne me dis pas que c'est ma jalousie qui parle, parce que c'est totalement faux.

— J'ai oublié un détail ou tu ne nous avais pas dit que tu le connaissais ?

— Je ne vous ai jamais parlé de lui. Je n'ai pas eu le temps de le faire, il m'avait déjà oubliée. D'après une de mes connaissances, c'est parce que je n'étais pas assez riche pour lui.

— Attends. Tu n'as pas eu le temps de nous en parler à nous, mais tu en as discuté avec une « connaissance » ?

— Oh, c'est juste ma coiffeuse.

— Mais c'est encore pire !

— Pourquoi ? Tu penses qu'elle n'est pas assez intelligente pour que je discute avec elle ? Tout ça parce qu'elle a un look particulier, des cheveux bleus ? Qu'est-ce que c'est que ces préjugés ?

— Mais qu'est-ce que tu racontes ? Depuis quand Natacha a les cheveux bleus ?

— J'ai changé de salon. Elle s'appelle Kylie.

— Kylie ? C'est quoi ce prénom ?

— Tu vois ? Tu es bourrée de préjugés.

— Oh, ça suffit, Lucie, tu détournes la conversation ! Je voulais juste dire que nous, on est tes amies de toujours. Et toi, tu préfères parler de ton amoureux à une inconnue.

— Kylie n'est pas... ! Bon, laissons tomber, ça n'a pas d'importance. Je suis inquiète, Évelyne. Pour Martha. Tu as vu qu'Henri a embarqué toutes ses œuvres d'art ? Soi-disant pour les restaurer. Est-ce qu'il va les lui rapporter ? Parce que, qu'est-ce qu'on sait de lui ? Est-ce qu'il est honnête ? Et ces vacances ruineuses, la voiture qui est à son nom à lui et qu'elle a payée ?

— Lucie, Lucie, calme-toi. Écoute, on n'a qu'une vie, n'est-ce pas ? Et Martha est extrêmement riche. Tout cet argent, elle s'en moque. Alors autant qu'elle vive à fond les années qui lui restent, qu'elle s'amuse, qu'elle aime !

— Mais...

— Dieu sait qu'elle ne s'est pas beaucoup amusée, dans sa vie, entre son mari et l'église, poursuit Évelyne en me coupant la parole. Là, elle s'éclate, comme disent les jeunes. Elle l'a bien mérité. Après tout, ses fils ne sont jamais là pour elle, entre celui qui vit en Autriche et celui qui refuse de franchir le périph pour lui rendre visite. Alors pourquoi elle leur garderait leur héritage bien au chaud ?

— Au Brésil, Évelyne, pas en Autriche. Mais quand même, si elle continue à ce train-là, un jour elle n'aura plus rien. Écoute, elle se méfie de moi, pas de toi. Alors essaie de faire un peu attention, de la surveiller, d'accord ?

Au moment où je finis ma phrase, je me souviens de l'état d'Évelyne. Jamais elle ne pourra faire attention à quoi que ce soit. Il va falloir que je me débrouille toute seule.

— Bon, d'accord, dis-je, invite-nous toutes les deux chez toi. On verra bien.

Évelyne pousse un profond soupir.

— Merci, Lucie. Merci.

À cet instant, on sonne à ma porte. Pour la troisième fois en moins d'une heure. Margaux, la voisine du quatrième, n'avait pas tort : ici les gens sonnent chez vous à longueur de temps.

— Je dois te laisser. Rappelle-moi pour me dire quand Martha peut se libérer, et je serai là.

Cette fois, c'est Guy qui se tient sur le seuil. Et il n'est pas du tout dans son assiette.

— Lucie, je peux vous parler ?

— Entrez, venez vous asseoir au salon. Qu'est-ce qui vous arrive ? Vous avez l'air bouleversé.

— J'ai fait ce que vous m'aviez dit. J'ai fouillé dans les vieux dossiers de mon père. Et j'ai trouvé un livret de famille, mais ce n'était pas celui que je cherchais.

Il aurait bien besoin d'un verre, mais j'ai peur de le lui proposer et qu'il me prenne pour une alcoolique.

— C'était quoi, alors ?

— Vous auriez pas un truc un peu plus fort que le pastis ?

— De la vodka ?

— Oui, si c'est pas trop vous demander.

Il faudra la boire sans rien pour éponger, je n'ai plus de cacahuètes, chips ou biscuits apéritifs. Je ne pensais pas, en emménageant ici, que je boirais si souvent avec un de mes voisins. Maintenant, je saurai : j'aurai toujours une réserve à la maison pour Guy, ses peines de cœur, ses soucis familiaux et que sais-je encore !

On trinque, il descend son verre cul-sec et je le ressers.

— Alors, ce livret ?

— Il était à mon père et à une autre femme. Il a été marié avant ma mère.

— Ce sont des choses qui arrivent, ce n'est pas si grave, si ?

Il poursuit, comme si je n'avais rien dit.

— La femme est morte. Ils avaient eu un enfant.

— Mince alors ! Vous n'étiez pas au courant ?

— Jamais entendu parler. Jamais vu.

Il prend son visage entre ses mains et je vois ses épaules tressauter. Nom de Dieu, il pleure !

— Guy, enfin, ressaisissez-vous ! C'est choquant mais ce n'est pas la fin du monde !

Je vais lui chercher une boîte de Kleenex et la lui pose sur les genoux.

— Là, là.

J'ai une curieuse impression de déjà-vu... J'ai dit la même chose à Kylie quand elle m'a annoncé avant de fondre en larmes qu'elle allait garder le bébé.

— Il s'appelait Medhi, dit-il avant de prendre un mouchoir.

Il se mouche bruyamment, s'essuie les yeux.

— Sa mère était algérienne. Il est né cinq ans avant moi. Qu'est-ce qui s'est passé à la mort de sa mère pour que mon père ne nous parle jamais de lui ? Pourquoi il ne vivait pas avec nous ?

— Il est peut-être parti rejoindre la famille de sa mère en Algérie ?

— Et mon père l'aurait renié, oublié ? C'est horrible. J'ai calculé, il n'avait que deux ans quand il a perdu sa mère.

Guy pleurniche de nouveau et c'est très embarrassant. Ne sachant que faire, je lui tends son verre mais il le repousse.

— Mon père était très dur, mais jamais j'aurais imaginé ça de lui.

— Il a sûrement gardé le contact et il a préféré ne rien vous dire. Il a tiré un trait sur le passé, il a refondé une famille. Il y a des hommes comme ça.

— Ou alors c'est ma mère qui ne voulait pas d'un gamin qui n'était pas à elle. Une autre bouche à nourrir...

— Pourtant, vous n'étiez pas pauvres, si ?

— Au début, quand j'étais petit, c'était la dèche. Mon père ne trouvait jamais de boulot fixe, ma mère ne travaillait pas. Et puis plus tard, il a enfin décroché un travail régulier et ils m'ont envoyé en pension pour que j'aie une bonne éducation. Enfin, c'est ce qu'ils disaient. Ils voulaient peut-être se débarrasser de moi, comme ils l'ont fait avec Medhi. Ils n'ont jamais aimé que mon petit frère. Je ne sais pas pourquoi, c'était qu'un sale pervers, ce gosse. Il mentait tout le temps, il manipulait les parents qui lui passaient tout.

— Vous n'avez pas dû avoir une enfance facile, vous...

— C'est le moins qu'on puisse dire.

— Qu'est-ce que vous comptez faire, maintenant ? Vous allez essayer de retrouver ce Medhi ?

— Je vais déjà digérer tout ça. Après, je passerai au peigne fin toute la paperasse que j'ai fichue à la cave quand j'ai vidé la chambre de bonne. Mais franchement, si Medhi est parti vivre en Algérie, je ne vois pas comment je vais faire pour le retrouver. De toute façon, il a dû vivre une enfance pire que la mienne. Et moi je lui ai pris son père, alors il va me détester.

— S'il a grandi dans la famille de sa mère, on peut facilement imaginer qu'ils étaient plus gentils que vos parents. Ne vous inquiétez pas, il a sûrement eu plus de chance que vous.

Il lève les yeux vers moi.

— Merci, Lucie, vous trouvez toujours les mots, déclare-t-il avec une sincérité touchante.

22

— Alors, Hyppolite, je t'écoute, c'est quoi, une phrase négative ?

— La phrase négative, c'est quand on dit non.

— C'est ça. Alors, je te dis une phrase à la forme affirmative, et tu me la mets à la forme négative, d'accord ?

— D'accord, Lucie. Vas-y, je suis prêt ! dit Hyppolite, et il se met debout, jambes écartées et poings sur les hanches comme un petit guerrier.

Depuis la rentrée, j'ai souvent aidé Hyppolite à faire ses devoirs le mercredi après-midi. Au point que j'en suis venue à un arrangement avec son père. Ce jour-là, je viens chez eux après le déjeuner, on s'installe dans sa petite chambre pour faire les devoirs, on joue un peu, et ensuite je l'emmène à son cours de judo. Manon vient le rechercher. Je ne voulais pas d'argent, mais Thomas a insisté. Et comme on ne peut pas dire que je roule sur l'or, j'ai fini par accepter. C'est Aimée qui m'a convaincue. Tout travail mérite salaire, m'a-t-elle dit. Oui, mais s'occuper d'Hyppolite est un plaisir, ai-je répliqué. Aimée a réponse à tout. Elle m'a rappelé ma situation financière et m'a expliqué que de toute façon Thomas aurait dépensé cet argent en payant quelqu'un d'autre.

— Autant que ce soit vous, alors, n'est-ce pas Lucie ? a-t-elle conclu.

Et puis comme ça je peux gâter Kylie quand elle passe dîner après son travail.

— Il te reste une leçon à apprendre : la journée de l'écolier, qu'est-ce que c'est ? dis-je, alors que nous sommes maintenant assis côte à côte à son petit bureau, un livre posé devant nous.

— Ah, oui, on l'a vu avec la maîtresse. Tout ce qu'on fait dans la journée, dit-il en ouvrant son manuel. Moi je fais tout bien, sauf dormir. La maîtresse a dit qu'on devait avoir au moins dix heures de sommeil par jour. Mais moi la nuit je dors pas. Et toi, tu dors ?

— Ça dépend des fois. Mais les enfants de ton âge n'ont pas ce problème.

— Oui mais moi j'ai peur de m'endormir parce que peut-être que je vais pas me réveiller. Parce que je serai mort, tu comprends ?

— Oh, Hyppolite, mais non, quand on dort c'est pour être en forme, pas pour mourir !

— Mais quand on est très vieux, ça arrive.

Je ne peux m'empêcher de rire nerveusement.

— Hyppolite, tu n'es pas vieux, toi, ça ne risque pas de t'arriver.

— Oui, mais toi, ça peut.

Je me tourne vers lui et prends ses deux petites mains entre les miennes.

— Je ne suis pas encore assez vieille et décatie, ne t'inquiète pas.

— Tu vas pas mourir bientôt, alors ?

— Non, promis. Mais toi, il faut que tu dormes, la nuit. Sinon tu ne vas pas grandir.

— N'importe quoi ! dit-il en riant. De toute façon, moi je m'endors que quand papa est rentré. Sinon j'y arrive pas. Dès que j'entends le bruit de la clé dans la serrure, et papa qui referme la porte, ça y est, je m'endors !

— Tu lui en as parlé ?

— Non, pourquoi ?

Je soupire. Encore une chose à expliquer à son père. Le pauvre homme est complètement dépassé.

Après avoir joué aux petites voitures, à genoux sur le tapis de sa chambre, au docteur et à sa patiente atteinte de maladies étranges encore inconnues de la science, je dépose Hyppolite au gymnase et monte dans un bus pour aller prendre le thé chez Évelyne et, si possible, faire la paix avec Martha.

Quand Évelyne m'ouvre, elle est en chemise de nuit.

— Tu ne t'es pas habillée, aujourd'hui ?

Elle me fixe d'un air désorienté.

— Il est quelle heure ?

— 17 heures.

— Tu es sûre ?

Elle glousse.

— Je croyais qu'on était le matin !

— Tu te souviens que tu nous avais invitées, Martha et moi ?

— Bien sûr ! Je vais me changer, j'arrive !

En l'attendant, j'inspecte son appartement. Il est propre mais désordonné. Sa femme de ménage a dû passer il y a un jour ou deux. Dans la cuisine, je remarque qu'elle n'a rien préparé pour nous recevoir. De la vaisselle sale s'empile dans l'évier, et je la range dans le lave-vaisselle. Je sors le thé, les tasses, mets de l'eau à chauffer et fouille dans les placards à la recherche d'un paquet de biscuits. Ça me fait bizarre de fureter comme ça ici. Contrairement à chez moi, ses placards regorgent de nourriture. Elle a fait des réserves pour l'année !

On sonne à la porte. Martha.

Évelyne n'ayant pas encore émergé de sa chambre, je vais ouvrir. Je tends les bras et serre Martha contre moi.

— Je ne veux pas qu'on se fâche, dis-je, bouleversée.

Tandis que je continue de l'étreindre, elle se raidit.

— Alors arrête de m'embêter, avec toutes tes questions, réplique-t-elle en se dégageant.

— Écoute, c'est vrai, j'avoue, j'étais jalouse au début. Je me sentais seule, ces derniers temps, et puis il y a eu le déménagement. Mais maintenant ça va, je suis heureuse dans mon nouvel appartement. Et puis j'ai ma famille.

En prononçant ce dernier mot, curieusement, je vois les visages d'Hyppolite et de Kylie, et je me dis que je ne mens pas tout à fait.

Enfin, Évelyne nous rejoint.

— Qu'est-ce que vous fabriquez dans l'entrée ?

— J'expliquais à Martha que je ne suis plus jalouse d'elle et d'Henri.

Martha m'observe, encore méfiante, puis enfin elle se détend légèrement.

— Alors pourquoi tu t'acharnes sur lui ? Il n'a rien fait, à part me rendre heureuse.

— Venez au salon, les filles, on ne va pas rester là toute la journée !

— Je vais chercher le thé, dis-je.

Je les rejoins avec un grand plateau. Évelyne n'a pas l'air gênée que je lui prenne son rôle d'hôtesse. Martha et elle discutent des derniers livres qu'elles ont lus, des expos et des films qu'elles ont l'intention d'aller voir. J'ai un peu honte, je n'ai plus aucune activité culturelle et sors de moins en moins de mon quartier. Quant à mes lectures, inutile de leur parler de ma belle vétérinaire partie dans un pays exotique au secours de bébés animaux en danger afin d'oublier son amour perdu…

Peu à peu, nous parvenons à retrouver notre animation habituelle et, pour montrer ma bonne volonté, je plaque un sourire sur mes lèvres et demande à Martha :

— Et alors, les amoureux, vous avez de nouveaux projets d'escapade ?

— On en a plein ! s'exclame Martha, dont le visage s'éclaire comme si elle avait vu la Vierge.

— Où ça ? Où ça ? interroge Évelyne, tout excitée et totalement exaspérante.

Mon sourire se crispe de plus en plus.

— On a envie d'aller à Monaco. Je n'y suis jamais allée. Mais avant ça, figurez-vous que mon banquier veut me voir. Il me trouve trop dépensière, moi !

Et elle se met à glousser, une lueur espiègle dans le regard, comme si c'était tordant.

— Il est casse-pieds, celui-là, de quoi il se mêle ? lance Évelyne. Continue à t'éclater, Martha, c'est fantastique !

Je me tourne vers Évelyne, furieuse. Mais qu'est-ce qui lui prend ? Et elle insiste, en plus.

— Un homme sexy, de l'argent, profite, ma belle ! Tu as tellement de chance !

— Oui, enfin, il faut quand même faire attention, dis-je. Si ton banquier est inquiet... Après tout, c'est son métier, il sait ce qu'il dit.

— Ne t'inquiète pas, Henri m'a promis de s'occuper de tout, réplique Martha, toujours aux anges.

— S'occuper de quoi ?

— De mes finances. Vous savez que c'est son métier ?

Je suis atterrée.

— Alors Henri va tout prendre en main pour veiller sur mon argent et le faire fructifier. Non seulement il va m'aider à renflouer mes comptes – pour consoler mon banquier –, ajoute-t-elle en gloussant de nouveau, mais en plus il va utiliser ses compétences pour que je m'enrichisse ! C'est formidable, non ?

— Qu'est-ce que tu veux dire par « tout prendre en main » ?

— Oh, tu ne vas pas recommencer ! crie Martha, les joues soudain écarlates. Puisque c'est comme ça, je ne dis plus rien. Voilà. Motus.

— Désolée d'insister, Martha, mais ce n'est pas un peu prématuré de laisser un homme que tu ne connais pas depuis très longtemps s'ingérer dans tes affaires ?

— Ça suffit, maintenant ! hurle Martha. Henri m'avait prévenue, il m'avait bien dit de me méfier de vous deux !

— Mais je n'ai rien dit, moi ! s'offusque Évelyne.

— C'est pareil ! Vous n'êtes que des vieilles biques envieuses, parce que vous, vous êtes toutes seules et moi je suis avec quelqu'un !

Évelyne et moi, sidérées par sa méchanceté, restons muettes. Où est notre Martha, la femme la plus douce et la plus gentille ?

— Pourquoi tu nous parles sur ce ton ? finit par demander Évelyne. Tu penses vraiment que nous, tes amies de soixante ans, on ne veut pas ton bonheur ?

Elle éclate en sanglots.

— Tu n'as pas compris, dit-elle entre deux hoquets, on est tellement contentes pour toi, hein, Lucie ?

Je hoche la tête.

— Oui, si Henri t'aide, s'il est là pour toi, dis-je sans y croire.

Martha vient prendre Évelyne dans ses bras.

— Pardon, je me laisse emporter. Mais j'aimerais tant que vous soyez de son côté, au lieu de prendre votre air soupçonneux...

La tension retombe. Évelyne sèche ses larmes, je pars refaire du thé et nous essayons de reprendre une conversation plus légère. Mais le mal est fait, la violence de nos derniers échanges a créé un malaise qui se dresse entre nous. La discussion est difficile et empruntée, nous ne trouvons plus rien à nous dire.

— Bon, les filles, si on se faisait une petite belotte ? propose Évelyne, toujours pleine de ressources.

J'attends que Martha parte la première pour rester parler avec Évelyne. Nous nous quittons sans avoir rien réglé : plus que jamais je soupçonne Henri des pires intentions, et Martha, amoureuse comme une gamine de ce sale type, m'en veut toujours autant.

Je passe un long moment à expliquer les raisons de mes angoisses à Évelyne et je suis soulagée quand je me rends compte qu'elle a enfin compris.

— Mais c'est horrible ! dit-elle d'une voix suraiguë. Qu'est-ce qu'on va faire ?

— On peut téléphoner à son fils qui vit dans le coin. Après tout, c'est son héritage et celui de son frère qui sont en jeu. À mon avis, ça va le motiver à aller vérifier ce qu'Henri trafique.

— Tu crois ?

— J'en suis sûre. On l'appelle maintenant ?

Évelyne sort son répertoire.

— C'est quoi, son prénom, déjà ?

— Frédéric. Attends, je dois avoir son numéro sur mon portable. Ça ira plus vite. Oui, c'est bon !

J'appuie sur la touche de numérotation et branche le haut-parleur.

— Ça sonne ! s'écrie Évelyne.

L'appel passe en messagerie, et on s'affole.

— Vas-y, toi, laisse-lui un message ! dit Évelyne.

Le bip retentit.

— Allez ! insiste-t-elle. Dis quelque chose !

— Je ne sais pas par quoi commencer. Eh merde.

Et je coupe la communication.

— Mais pourquoi tu raccroches ? Ce n'est pas compliqué, quand même.

— J'ai besoin de réfléchir. Donne-moi une minute.

Je refais le numéro, retombe sur la messagerie et me lance :

— Bonjour, Frédéric, c'est Lucie et Évelyne, les amies de ta mère.

— Bonjour, mon petit Frédéric ! hurle Évelyne.

— Voilà, on s'inquiète pour elle, il se passe des choses dans sa vie…

— C'est à cause d'un homme…

— Roooh ! dis-je en jetant un regard noir à Évelyne. Voilà : on pense que quelqu'un en veut à son argent. Appelle-nous vite. Je te donne mon numéro…

Et j'égrène les chiffres, en me disant que Kylie m'a déjà expliqué que ça ne servait à rien, parce que, quelque part, le numéro s'est enregistré sur le téléphone de Frédéric. Mais mieux vaut prendre ses précautions. Et surtout, j'espère que le fils de Martha va me contacter rapidement.

Je rentre chez moi assez déprimée. Quand je pousse la lourde porte de l'immeuble, j'entends le rire sonore d'Aimée. Pour une fois, je ne le trouve pas communicatif. Pourquoi les gens continuent-ils d'être si heureux alors que je me sens tellement abattue ?

Aimée tient un lourd bâton entre les mains et gesticule devant deux habitants de l'immeuble, le médecin du troisième (c'est toujours rassurant d'avoir un voisin médecin) et une jeune femme blonde (je ne sais pas à quel étage elle habite). Tous les trois rient et se tournent vers moi, visages souriants.

— Lucie ! Comment allez-vous ? m'interpelle Aimée. Regardez ce que j'ai trouvé ! D'après M. Diakité, c'est le bâton de l'ancienne gardienne.

— L'arme de guerre de Mme Ménard ! Pour défendre l'immeuble. Je vous jure qu'elle a menacé plein de gens avec ce truc !

— Ne comptez pas sur moi pour m'en servir, intervient Aimée. Moi, je préfère appeler les secours plutôt que d'aller me battre toute seule contre des malfaiteurs pour vous protéger.

Tous les trois pouffent de rire. Est-ce si drôle que ça ? Ai-je perdu tout sens de l'humour ?

— Mais vous, c'est parce que vous n'avez pas de chien pour vous aider, ajoute la petite blonde. Mme Ménard avait un carlin hyper agressif. Demandez à Margaux, il la terrorisait !

— Un carlin ? Ces petits machins tout moches avec la gueule écrasée ? je demande.

Parce que ces troupeaux de roquets qui envahissent les trottoirs avec leurs crottes et leurs laisses de quatre mètres de long qui bloquent le passage me rendent hystérique.

Trois visages se tournent vers moi.

— Je crois que Lucie n'aime pas les chiens ! dit Aimée, et elle se met à glousser, suivie des deux autres.

Mais qu'est-ce qu'ils ont ? Ils ont fumé ?

Victoire pousse la porte vitrée qui sépare l'accès aux étages du hall d'entrée et nous rejoint.

— Hello tout le monde ! Comment va notre beau Joshua ? demande-t-elle en minaudant.

La pauvre, elle est ridicule. Et ça marche avec les hommes, ça ?

— Pas mal, merci, répond-il avant de consulter sa montre. Je dois vous laisser, c'est l'heure d'aller bosser.

Visiblement pas avec le « beau Joshua ».

Victoire a cassé l'ambiance, on dirait. Le médecin part aussi vite qu'il le peut, la jeune femme, qui s'appelle Hermine, nous souhaite une bonne soirée avant d'aller appeler l'ascenseur. Je calcule qu'elle doit au moins vivre au cinquième pour monter dans ce dépotoir. Victoire hausse les épaules, sourit avec son assurance inébranlable et annonce :

— Je vais faire mon jogging, salut !

— Vous venez boire un verre de bissap ? me propose Aimée.

L'hiver dernier, elle m'a fait découvrir cette infusion à base de fleur d'hibiscus, et depuis cet été, elle en prépare de grandes bouteilles bien fraîches. Je m'empresse d'accepter sa proposition.

Aimée a l'art de me tirer les vers du nez. Je lui parle de mes deux amies et de mes inquiétudes, et je la vois attraper ses cauris, qu'elle jette sur la table.

— Vous avez raison de vous inquiéter. Elles ont besoin de vous. Ne les lâchez pas, Lucie, accrochez-vous.

— Mais on va s'en sortir ?

Aimée fixe ses cauris, dubitative.

On frappe à la porte et elle se redresse d'un bond.

— Mince, j'ai oublié ! Pardon, Lucie, j'ai une de mes clientes qui a rendez-vous. Surtout ne vous inquiétez pas, même si ça va être difficile. Vous pouvez les aider. Vous seule et personne d'autre.

Je croise la cliente d'Aimée, une femme d'une petite cinquantaine d'années, trop bronzée, surmaquillée et pleine de bijoux. Elle hoche la tête dans ma direction, se fend d'un sourire condescendant et entre dans la loge.

Je ne suis pas sûre qu'Aimée m'ait remonté le moral. Je tente de me souvenir exactement de ce qu'elle a dit. Si je me bats pour Évelyne et Martha, j'arriverai peut-être à limiter la casse. Me voilà bien avancée.

Octobre

23

Il est 11 heures ce samedi et, malgré le malaise qui s'est installé entre nous trois depuis le jour où Martha nous a hurlé dessus, nous maintenons nos habitudes et allons déjeuner au Wepler. Mais avant ça, j'ai réussi à persuader Martha de nous laisser venir la chercher chez elle. Je veux voir ce qui s'y passe. D'autant plus que son fils n'a pas jugé utile de me rappeler.

C'est étrange, je parle beaucoup moins à mon pauvre Émile que j'abandonne tout seul dans son cadre, ou dans son urne. Il faut dire que je suis très occupée. Kylie vient souvent dîner avec moi et l'autre fois, pendant son jour de congé, je l'ai emmenée acheter le trousseau du bébé. J'aurais dû vivre ce moment avec ma propre fille, mais qu'y puis-je ? Les mercredis après-midi, je garde Hyppolite. Savoir que ma journée va être remplie, que j'aurai une jeune femme enceinte à chouchouter ou un gamin à materner m'aide à me lever le matin. Ça me sort peu à peu de la tristesse et de la colère qui ne m'ont pas quittée depuis mon deuil. C'est ce que j'explique à Émile, qui ne se départit pas de son sourire. Je suis sûre qu'il ne m'en veut pas, au contraire.

— Bien, mon cher, je te laisse, je vais chez Martha. Je pense que ça ne va pas être de la tarte !

Je suis horrifiée quand la porte de l'appartement s'ouvre et que je suis accueillie par Henri. Enfin, accueillie est un bien grand mot.

— Bonjour, madame.

— Tiens, mais c'est Henri ! Vous êtes le nouveau... comment on dit, déjà ? Maître d'hôtel ?

Il me jette un regard glacial et me cède à regret le passage.

— Chérie, ton rendez-vous est arrivé ! déclare-t-il en direction du salon.

— Je connais le chemin, Henri, merci.

Martha est assise dans son fauteuil, un livre de prière ouvert sur ses genoux et un chapelet entre les doigts. Je ne l'ai pas vue depuis une dizaine de jours et, malgré ce court laps de temps, je la trouve un peu changée. La femme prête à défendre avec rage son amoureux dégage un petit air fragile. Les murs sont toujours aussi nus que la dernière fois.

— C'est gentil d'être venue me chercher, dit-elle en se levant pour me faire la bise. Tu m'attends ? Je vais me chercher une petite laine.

Laissée seule au salon, je regarde autour de moi, essayant de découvrir je ne sais quel indice. C'est alors qu'Henri pénètre dans la pièce. L'homme séduisant, prévenant et beau-parleur qui a fait battre mon cœur me glace littéralement. Son regard est dur, voire haineux. J'ai du mal à croire que c'est la même personne.

— Comme c'est curieux de nous retrouver ici, dis-je.

— C'est très loin, tout ça. Et totalement oublié.

— Jusqu'à mon prénom. Vous avez la mémoire drôlement courte !

— Je suis un homme pragmatique, je ne m'encombre pas du passé.

— Vous auriez pu au moins me prévenir.

— À propos de quoi ?

Je suis prise de court. Il compte tout nier en bloc ? Notre rencontre, nos rendez-vous ?

— Pour me dire que vous ne vouliez plus me voir, je réponds.

— Pourquoi je l'aurais fait ? Il n'y avait rien entre nous, je suis désolé si vous vous êtes imaginée le contraire.

— Notre déjeuner au Zimmer, le projet de week-end en Normandie, tout ça c'était quoi pour vous ? Du vent ?

— On a passé un moment très sympathique, rien de plus, je ne vous devais rien.

— Un minimum de politesse, éventuellement ?

Il ne m'écoute pas et continue de parler sans même me regarder.

— Quand j'ai rencontré Martha, ça a été le coup de foudre. Et elle a changé ma vie.

Il prend le petit cendrier en argent posé sur le guéridon, le retourne, l'observe de près puis, l'objet toujours entre les mains, il poursuit :

— Et moi j'ai changé la sienne. Pauvre Martha. Elle m'a avoué qu'elle n'avait jamais aimé quelqu'un autant que moi.

Ses yeux se fixent brusquement sur moi. Tout au fond, une petite lueur froide me fait frissonner.

— Alors comme ça vous savez : maintenant c'est moi qui occupe la première place dans sa vie. Et j'y tiens beaucoup.

Il me sourit de ses fausses dents blanches, un sourire qui m'apparaît aujourd'hui comme une horrible grimace.

On sonne. Ce doit être Évelyne.

— Je vais ouvrir à votre copine sénile, lâche-t-il avant de sortir.

Soufflée, je m'effondre sur le canapé.

Évelyne, affolée, s'engouffre dans la pièce et se jette dans mes bras.

— C'est un cauchemar, on m'a volé ma voiture ! Je suis descendue au garage et elle n'était plus là ! Et quelqu'un d'autre avait garé la sienne à notre place ! Tu te rends compte ?

— Mais, Évelyne, tu n'as plus de voiture, dis-je, de plus en plus accablée.

Elle se fend d'un large sourire.

— Ouf ! Je suis soulagée, tu n'imagines même pas.

Et elle s'assoit à côté de moi.

— Où est Jana ? C'est un monsieur qui m'a ouvert, figure-toi.

— C'est Henri. Le bon ami de Martha. Tu t'en souviens ?

— Ah oui, le fameux Henri..., chuchote-t-elle, signe qu'elle se le rappelle bien.

— Allons-y, les filles, je suis prête ! annonce Martha en nous rejoignant.

Henri ne se montre pas et je suis contente de ne pas avoir à lui dire au revoir.

Une fois que nous sommes installées au Wepler et que Lilian a pris notre commande, Martha nous observe et ses yeux pétillent.

— Alors, vous avez vu Henri ? Comment vous le trouvez ?

— Bel homme, répond Évelyne.

— Il habite chez toi ? je demande.

— Euh... non.

Martha n'a jamais su mentir.

— Tu sais, ça ne nous choquerait pas, hein, Évelyne ? Si vous vous aimez, c'est ce qui compte.

— Mais non, je te dis !

— Je trouve quand même que ton salon fait un peu triste, sans les tableaux.

— Quels tableaux ? demande Évelyne.

Martha et moi soupirons.

— Tu sais à peu près quand tu vas les récupérer ?

— Malheureusement, non. Henri est tellement susceptible. Quand je lui pose la question, il se sent blessé, il croit que je ne lui fais pas confiance. Alors il se braque et ça me fait de la peine. Du coup je n'ose plus lui en parler.

— C'est bien pratique, je marmonne.

— Qu'est-ce que tu dis ? demande Martha.

— Rien, rien. Alors, Évelyne, qu'est-ce que tu as fait de beau, ces jours-ci ? dis-je pour changer de sujet. Tu as vu Mathilde et les enfants ?

Une heure plus tard, alors que nous sirotons notre café, je remarque que Martha s'agite sur sa chaise, gênée.

— Oh, là là ! je suis désolée, il faut que je file !

— Tu as un rendez-vous ? questionne Évelyne.

— Non, c'est Henri, il m'a demandé de ne pas rentrer trop tard.

— Mais il est seulement 14 heures !

— Oui, je sais, il veut que je sois à la maison avant la demie. Il ne peut plus se passer de moi ! avoue-t-elle avec un sourire crispé qui ne s'accorde pas du tout à ses propos.

— C'est lui qui décide de ton emploi du temps, maintenant ? dis-je.

Martha semble à la fois gênée et un peu stressée.

— Non, ce n'est pas ça mais... Bon, écoutez, je vais payer directement à la caisse. Pardon, les filles. On se rappelle ! Salut !

Elle attrape son sac, sa veste et nous plante là.

— C'est grave, ce qui vient de se passer, dis-je à Évelyne. Martha est sous l'emprise de ce sale type, c'est évident. Il faut qu'on la sorte de là.

Elle me fixe de son regard perdu de petite fille. Je repense aux paroles d'Aimée : je suis la seule à pouvoir aider mes amies. Et je vais commencer par Martha.

Je laisse Évelyne prendre la direction de son appartement et entre dans le commissariat du quartier. Derrière le comptoir, un agent en uniforme me demande ce que je veux.

Tout d'un coup, j'ai peur qu'il me prenne pour une folle. J'hésite, pense très fort à Martha, puis ma langue se délie.

— Je suis très inquiète pour une de mes amies, je lui explique. Je pense qu'elle est tombée entre les mains d'un homme malhonnête.

Tandis que je lui décris la façon dont Henri s'est insinué dans la vie de Martha, que je lui parle de la voiture, des comptes bancaires, des tableaux, je m'aperçois qu'il m'écoute, concentré et silencieux.

— Alors, dis-je, quand j'ai terminé mon récit, vous croyez que vous allez pouvoir l'arrêter ? Je porte plainte ?

— Malheureusement, vous n'avez pas la capacité juridique pour le faire, il faut que ce soit elle – visiblement peu probable d'après ce que vous me racontez – ou un parent. Vous connaissez sa famille ?

— Oui, elle a deux fils, l'un vit très loin et celui qui est ici s'en contrefiche.

Le policier me regarde tristement en secouant la tête.

— Malheureusement, c'est à chaque fois la même histoire. Les femmes victimes de ce genre de prédateur sont toujours très seules. Sans enfants ou abandonnées par eux.

— Je ne peux donc rien faire pour l'aider ?

Il réfléchit avant de poursuivre.

— Il vous reste une possibilité, mais c'est un peu long et aléatoire : écrivez au parquet de Paris pour signaler les faits. Le procureur pourra transférer le dossier à la section du parquet concernée, qui le transmettra à la brigade de répression de la délinquance astucieuse.

— La délinquance astucieuse ?

— Oui, c'est comme ça qu'on désigne l'activité à laquelle se livre cet individu. Et croyez-moi, je suis sûr que votre amie n'est pas sa première victime. Ce sont des professionnels, ces gars-là.

— Très bien, je vais faire un courrier. Et combien de temps avant que votre brigade intervienne ?

— Quelques mois.

D'ici là, me dis-je, Martha sera non seulement ruinée mais complètement détruite. Je remercie l'aimable policier et m'en vais, désemparée. Mais pas pour très longtemps. Parce que je vais trouver une solution pour sortir Martha des griffes de ce délinquant astucieux.

De retour chez moi, je n'ai toujours pas trouvé de solution magique. Mais il me reste une dernière chose à faire au cours de cette journée de sauvetage des causes perdues : rappeler la fille d'Évelyne pour savoir où elle en est.

Comme toujours, Mathilde n'a pas l'air ravie de m'entendre.

— Je t'ai dit de ne pas t'inquiéter ! me répond-elle sèchement.

— Je ne peux pas m'en empêcher, figure-toi. Aujourd'hui, elle a cru qu'on lui avait volé sa voiture, c'est grave quand même.

— C'est bon, j'ai la situation en main. Je lui ai pris un rendez-vous chez un neurologue pour de nouveaux examens. Elle ne t'en a pas parlé ?

— Ta mère ne se souvient jamais de rien ! je hurle. Évidemment qu'elle ne m'a rien dit, elle a déjà oublié !

— Si tu lui cries dessus comme ça, ça ne m'étonne pas qu'elle ne te raconte rien, réplique-t-elle.

Nous mettons un terme à cette conversation stérile. Mais au moins, je sais que le dossier « Évelyne » avance. Reste le cas « Martha ». Et là, il va falloir que je fasse preuve de créativité…

24

Dans la loge, Aimée et moi faisons de la layette pour le bébé de Kylie. J'aime être ici, dans cette pièce chaleureuse et bien chauffée. Le temps s'est refroidi, l'automne est bien avancé et mon appartement mal isolé est humide et glacial. Un délicieux parfum épicé s'échappe du faitout qui mijote sur la cuisinière et embaume la pièce. Je n'aurais jamais pu imaginer à quel point j'apprécie de discuter avec Aimée. Souvent, je la pousse à me parler de sa famille, du pays où elle est née. C'est tellement différent d'ici, tellement passionnant pour une personne comme moi qui ne connaît rien au monde.

Aimée est assise en face de moi, elle coud une jolie barboteuse pendant que je tricote un minuscule gilet. Elle nous a mis une musique douce et me parle d'une de ses sœurs qui va se marier.

— Votre sœur ? C'est formidable ! Elle est plus jeune ou plus âgée que vous ?

— En réalité, c'est ma cousine, mais chez nous, les cousins, c'est comme nos frères et sœurs. Et pour être exacte, c'est la fille de la nièce du frère de mon grand-père, vous voyez ?

— Non, pas du tout. Mais ce qui compte, c'est que vous l'aimez beaucoup et qu'elle va se marier.

— Voilà.

— Et ça ne vous donne pas envie ?

— De quoi ?

— De vous remarier ?

Elle me regarde, stupéfaite.

— Vous me trouvez peut-être indiscrète, Aimée, mais vous n'en avez pas marre d'être toute seule ?

— J'ai plein d'amis, vous savez !

— Oui, mais sérieusement, vous n'auriez pas envie d'être avec un homme qui vous aimerait, qui vous chouchouterait un peu ?

— Pourquoi pas ? Mais que je sache, ils ne se bousculent pas au portillon.

— Je suis sûre que c'est faux. Est-ce que vous faites attention, au moins ? Si ça se trouve, vous ne remarquez même pas vos soupirants.

— Ne vous en faites pas pour moi, j'ouvre les yeux. Mais à mon âge, on est un minimum exigeant quand on n'est pas désespéré !

— Ah, ça, vous avez bien raison ! Quand je pense à Henri qui a failli m'avoir. Vous vous rendez compte, si j'avais été riche ? Je me serais fait rouler dans la farine et déposséder comme ma pauvre Martha.

— Je ne le pense pas, Lucie, vous êtes bien trop futée. Vous l'auriez démasqué, votre escroc.

— Je ne sais pas. Il était si charmant, si prévenant, à tout le temps vouloir me faire plaisir…

— Mais c'était sa stratégie.

— C'est vrai. Avec Martha il s'est découvert très pieux et amoureux des vieilleries. Tout ce qu'elle aime, pour mieux la piéger. Mais revenons à vous. Vous ne voulez pas vous inscrire sur ces trucs de rencontres qu'on trouve sur Internet ?

— Non, ce n'est pas pour moi.

— Pourtant vous êtes toujours sur votre ordinateur !

— Rien à voir. Ce n'est pas ma génération.

— N'importe quoi ! Même Guy, qui a quelques années de plus que vous, est inscrit. Le pauvre, on ne peut pas dire que ça lui réussisse, mais il progresse.

— Comment vous le savez ?

— Je suis sa confidente. Je crois qu'on dit sa « coach », maintenant.

Aimée éclate de rire.

— Vous alors ! Vous avez raté votre vocation de psychologue !

— Parlez pour vous, Aimée.

— Moi, c'est un peu ce que je fais avec mes cauris. Enfin, pour en revenir à ces applications, je préfère rencontrer les gens dans la vraie vie. J'aime bien voir la personne, sentir ses vibrations, son énergie, vous voyez ?

— Sans doute. Mais vous êtes un peu sorcière, c'est normal.

— Et vous, Lucie ? On a le droit de vivre l'amour à tout âge, au mien comme au vôtre.

— Vous ne pensez pas qu'on a tous une date limite de péremption ?

Aimée pose son ouvrage et ses grands yeux me fixent avec intensité.

— Non, Lucie, et surtout pas vous.

On frappe à la porte de la loge. Kylie ! Elle est bien enceinte, maintenant. Et elle est épuisée. Même si Delphine lui a aménagé ses journées de travail, rester debout toutes ces longues heures est éprouvant. Heureusement qu'elle est très jeune !

— Je n'en peux plus ! dit-elle en s'affalant sur le canapé à côté de moi.

Elle contemple les tout petits habits aux couleurs pastel que nous cousons et tricotons, et se met à pleurer.

— Oh, c'est trop mignon ! s'écrie-t-elle, la voix chavirée.

Je croise le regard d'Aimée et nous pouffons de rire.

— Ah, en mode vous vous fichez de moi ?

— Vous pleurez tout le temps, ma petite Kylie ! dis-je.

— Vous êtes sans pitié, répond-elle, mais en souriant, cette fois.

Aimée remplit une bassine d'eau, verse du gros sel et d'étranges poudres qu'elle seule connaît avant de poser le récipient devant Kylie.

— Allez, trempe tes pieds.

Kylie retire ses baskets et pousse des gros soupirs de satisfaction en s'exécutant.

— Ils sont tout gonflés, mes orteils ressemblent à des saucisses, dit-elle, dépitée.

Un peu plus tard, Aimée tire un petit tabouret en face de Kylie et, une serviette dépliée sur les cuisses, elle y dépose l'un de ses pieds et se met à le lui masser. Kylie est aux anges. Après s'être occupée du second, Aimée les lui essuie et lui tapote la joue d'un geste maternel. Elles sont mignonnes, ces deux-là. Bientôt, avec le bébé, on sera quatre !

Attablées devant l'un des savoureux plats réconfortants d'Aimée, on parle tranquillement de tout et de rien lorsque Kylie, comme à son habitude, nous fait une déclaration sans prévenir :

— Je suis allée voir Eddie à la sortie de son taf. Il a été obligé de me parler.

— C'est une bonne nouvelle, dis-je, la bouche pleine.

— La tête qu'il a faite quand il a vu mon ventre ! J'ai cru qu'il allait tomber dans les pommes !

Je ris avec elle en imaginant ce grand garçon s'effondrer de tout son long. Le pauvre, ça a dû être violent.

— Je ne voulais pas que ma fille grandisse sans père. Comme moi genre.

— Et alors, il a réagi comment ? demande Aimée.

— Mal. Je n'ai pas eu besoin de lui expliquer la situation, il a compris tout de suite ! dit-elle, hilare.

Puis deux secondes après, elle pleure en déclarant :

— Et il m'a dit, ouais : « Qu'est-ce que t'as foutu ? » J'étais grave choquée. Je suis trop bête, je ne m'y attendais pas. Mais qu'est-ce que je pouvais bien espérer de ce mec-là, hein ? Franchement ?

Je lui caresse le dos pendant qu'elle sanglote.

— Ne t'inquiète pas, Kylie, il a reçu un choc, c'est tout. Il va se calmer, réfléchir et il reviendra, suggère Aimée.

— Alors là, ça m'étonnerait, répond-elle en reniflant bruyamment.

— Je suis sûre que quand il verra la petite, il sera gaga et il prendra ses responsabilités, dis-je.

Aimée hoche la tête en me regardant.

— Oui, c'est certain. Cette petite sera irrésistible aux yeux de son papa !

— Vous êtes trop sympas, toutes les deux, déclare Kylie.

Je lui tends un Kleenex et elle se mouche sans retenue.

— Ton bébé sera entouré d'amour et elle aura un père, tu verras, insiste Aimée.

— Et elle sait tout, dis-je en souriant, c'est une sorcière voyante, ne l'oubliez pas !

De retour chez moi, vers 21 h 30, je prends mon portable pour l'éteindre. Mince, j'ai raté un appel. Je n'en reviens pas : c'est Frédéric ! Il n'a pas laissé de message. Je m'empresse de le rappeler.

Une voix fatiguée me répond en bâillant.

— Frédéric, enfin ! Avec Évelyne on se fait un sang d'encre !

Et je lui raconte tout ce que je sais… Sans sembler l'émouvoir outre-mesure.

— C'est curieux, je n'imagine pas du tout maman tomber sous le charme d'un homme ni claquer tout son argent. Ça ne lui ressemble tellement pas.

— Je suis d'accord avec toi, pourtant les faits sont là.

— Tu es vraiment sûre ?

— Tu ne l'as pas vue depuis quand ?

Silence total. Puis un « mmmm », signe que Frédéric réfléchit et hésite.

— Je ne sais plus trop. En tout cas on se voit régulièrement, au moins deux fois par an. Et puis on lui envoie des cartes postales à toutes les vacances !

Il attend peut-être que je le félicite ?

— Bon, et qu'est-ce que tu vas faire, maintenant ? Tu sais qu'il faut porter plainte dès que possible ?

— Houlà, houlà, on se calme ! De toute façon, là ce sont les vacances de la Toussaint. Avec ma femme et les enfants, on part aux Antilles la première semaine, on a besoin de soleil avant la sinistrose de l'hiver, explique-t-il, ravi. Mais promis, je lui passerai un coup de fil au retour.

— Frédéric, tu ne sembles pas bien prendre la mesure de la situation. Tu penses que comme je suis vieille je raconte n'importe quoi ?

— Mais pas du tout ! Écoute, je ne peux rien faire pour l'instant, mais je te le promets, je passerai même la voir à mon retour.

Frédéric et moi raccrochons sur cette promesse. Je me demande si ce ne sera pas trop tard. D'ici là, Henri aura largement le temps de prendre la main sur les comptes de Martha. Et alors, tout sera possible.

Cette nuit, je n'arrive pas à dormir. Il faut absolument que je trouve une solution, et très vite.

Le lendemain matin, j'ai envie de téléphoner à Évelyne. J'espère qu'elle est dans un bon jour parce que j'ai besoin de partager mon angoisse avec elle. Elle et moi sommes les personnes les plus proches de Martha. Voire les seules.

Évelyne a une voix endormie mais elle semble aller bien. Je lui résume la situation : ma visite au commissariat et ma conversation avec Frédéric.

— C'est urgent, mais personne ne s'en rend compte ! On doit absolument se débarrasser de ce sale bandit, lui dis-je pour conclure.

— Tu veux dire, le tuer ? Ce n'est pas un peu risqué ?

— Un peu, oui. Même si ça me démange de lui régler son compte, à ce salopard.

— Oh, Lucie ! Tout de même.

— Il faut qu'on trouve une solution... Au fait, Évelyne, tu m'avais parlé d'un rendez-vous chez un neurologue. Tu es allée le voir ?

Je sais, c'est Mathilde qui me l'a dit, mais parfois, les trous de mémoire d'Évelyne ont du bon.

— Oui, parce que ma fille s'inquiète pour rien. Tout va bien.

— C'est ce qu'il a dit ?

— Oui. Enfin, il a parlé de faire d'autres examens mais je n'ai rien compris.

Nous nous séparons, Évelyne me promettant de me rappeler après sa visite médicale. Je peux toujours rêver ! En attendant, comment éliminer Henri de nos vies sans avoir recours à l'illégalité ou à la violence ?

25

Une tasse de café à la main, je rêvasse en contemplant la petite cour de l'immeuble depuis la fenêtre de la cuisine. Mes voisins s'amusent à y faire du jardinage et ils ont créé un endroit charmant. L'un des chats d'Isabelle, la femme qui vit au rez-de-chaussée, est en train de manger consciencieusement les jolis brins d'herbe pendant que l'autre gratte la terre au pied d'un rosier pour y faire ses besoins. Sales bêtes.

Mon téléphone sonne. Martha.

— Tu es libre à midi, aujourd'hui ? demande-t-elle d'une voix stressée.

— Oui, pourquoi ?

— Je t'expliquerai. On se retrouve au Wepler, alors.

— Tu as prévenu Évelyne ?

Silence. Puis un gros soupir.

— Non. Elle va trop mal et j'ai besoin de te parler à toi.

— D'accord. Mais qu'est-ce qu'il y a ? Tu as des ennuis ?

— Je préfère qu'on en discute face à face. À tout à l'heure, Lucie.

Martha coupe la communication la première et je contemple, songeuse, mon téléphone. Je ne sais pas ce qui lui arrive mais je m'attends à tout avec Henri, et surtout au pire.

Martha est assise à notre table habituelle et Lilian lui fait la conversation. Il me salue et s'éloigne lorsque je les rejoins.

— Alors, Martha, tu vas bien ? dis-je en lui faisant la bise.

Elle a un air de petit animal traqué qui me serre le cœur.

— Non, ça ne va pas. C'est Henri.

Et elle se jette dans mes bras pour pleurer. Je lui tapote l'épaule en attendant qu'elle se calme puis la repousse gentiment.

— Dis-moi ce qui t'arrive.

Elle sort un mouchoir de son sac, se mouche, essuie ses larmes et avale une grande gorgée de kir.

— Je t'en ai commandé un à toi aussi, me dit-elle en me tendant mon verre, un faible sourire aux lèvres.

— Merci. Bon, alors ?

— Ça se passe de plus en plus mal entre nous. D'abord, je t'ai menti, il s'est installé chez moi. Et il m'a obligée à renvoyer Jana.

— Jana ? Mais c'est de la folie ! Comment ? Pourquoi ?

— Je sais, ça faisait vingt ans qu'elle travaillait pour moi. Vingt ans de bons et loyaux services, et voilà que...

— Ah non, hein, arrête de pleurnicher et raconte-moi tout.

— C'était pour faire des économies. Comme c'est lui qui gère tout, maintenant... Au début je ne voulais pas, mais ensuite le banquier m'a convoquée. Il était très inquiet et il voulait savoir pourquoi je dépensais tout cet argent aussi vite.

— Tout cet argent ? C'est-à-dire ?

Martha se mure dans le silence.

— Allez, crache le morceau. Si tu veux que je t'aide, il faut tout me dire. Combien tu as dépensé depuis que tu connais Henri ?

Elle fixe son verre des yeux et marmonne.

— Je n'entends rien.

— Cent mille euros.

— Quoi ? je hurle.

— Mais arrête de crier ! C'est pour ça que je ne voulais rien te dire.

— C'est de la folie ! Cent mille euros ?

— Lucie, je t'en supplie, moins fort !

Je regarde autour de nous. Personne ne nous observe, personne ne fait attention à nous.

— Comment ça se fait ? je demande.

— Oh, c'était cher, les vacances, surtout le casino… Et puis il a fallu payer les experts, la voiture, le matériel de bureau que j'ai avancé à Henri pour ses nouveaux locaux…

— D'accord, je vois, dis-je, assommée.

— Et du coup, pour rééquilibrer mon budget, comme il a dit, il a insisté pour que je me sépare de Jana.

— Mais, il a accès à tes comptes ?

— Non, il voulait que je lui donne une procuration mais mon banquier n'a pas voulu.

— Encore heureux ! Tu te rends compte de ce qu'il te fait faire ? C'est de la manipulation ! Pauvre Jana.

— Je sais. Je regrette. Mais mes finances ne me permettent plus de…

— N'importe quoi ! Ta fortune est énorme, excuse-moi. Tu as tout à fait les moyens de garder Jana. Par contre, si tu continues à entretenir les goûts de luxe de cet escroc, tu vas finir sur la paille !

— Henri n'est pas un escroc ! Et je l'aime !

— Ah bon ? Alors pourquoi tu m'as appelée à l'aide ?

Lilian s'approche de nous pour passer la commande. Il m'agace, lui aussi, à venir nous déranger au mauvais moment.

— Ce sera comme d'habitude, Lilian, allez, ouste ! dis-je. Et remettez-nous un kir !

Lilian fait volte-face et je me tourne vers Martha.

— Alors ? Pourquoi ? dis-je.

— Il a changé. Ce n'est plus l'homme que j'ai rencontré. Avant, il était adorable, on riait, on faisait plein de choses ensemble. Depuis qu'il a lancé sa boîte, il est devenu distant, autoritaire, et même despotique. Il veut décider de tout pour moi et dès que je renâcle, que j'hésite à lui obéir, il devient...

— Violent ? Il est violent avec toi ?

— Non. Pas vraiment. Mais il me fait un peu peur, avoue-t-elle d'une toute petite voix.

— Qu'est-ce qu'il t'oblige à faire ?

Martha se tait avec obstination. Ah pardon, mais quelle emmerdeuse !

— Martha ?

Elle lève les yeux vers moi, prend sa petite voix plaintive qui me donne envie de la secouer :

— Il ne veut plus que je vous voie, toi et Évelyne. Il dit que vous êtes mauvaises, jalouses de moi, de mon argent et de mon bonheur et que vous voulez tout faire pour nous séparer.

— Quel salaud !

— Je ne peux pas croire une chose pareille. On a passé nos vies ensemble, on ne s'est jamais trahies, on est comme les trois doigts de la main...

J'ai une horrible image de moignon mais je la laisse continuer.

— Depuis qu'il m'a demandé ça, je me suis mise à douter. Henri ne peut pas exiger que je me coupe définitivement de vous. Il va trop loin.

— Il cherche à t'isoler de tes proches. C'est pour mieux te garder sous son emprise et te piquer tout ton fric, tu ne comprends pas ?

Elle hoche la tête.

— Si, je crois que je commence à comprendre. Mais je l'aime encore.

— Tu l'as déjà dit. Eh bien, il va falloir que tu arrêtes de l'aimer fissa, ma fille, sinon tu vas te retrouver à la rue et complètement dépressive. Et quand tu n'auras plus rien, il te larguera pour aller dépouiller une autre gentille dame naïve et esseulée. D'ailleurs, comment tu as fait pour qu'il accepte que tu viennes me voir, aujourd'hui ? À moins qu'il soit là, caché derrière un rideau à nous espionner ?

— Ne sois pas méchante comme ça. Il est à son travail, alors j'en ai profité et je ne lui ai rien dit.

— Il travaille, lui ?

— Il s'absente tous les jours de la semaine de 10 heures à 17 heures pour ses rendez-vous d'affaires.

Je réfléchis un instant.

— Si ça se trouve, il y a d'autres femmes.

Martha blêmit. Elle l'aime vraiment, cette imbécile.

Lilian dépose nos assiettes et nos kirs. Je vois bien qu'il nous observe avec insistance, moi en particulier, à qui il jette des regards de travers. Il doit croire que je martyrise sa cliente préférée, parce que moi, j'ai toujours le mauvais rôle.

Martha et moi nous jetons sur notre second verre mais on n'a pas tellement d'appétit et on chipote dans nos assiettes. La conversation n'est pas terminée. Parce que maintenant, qu'est-ce qu'on fait ?

— Martha, est-ce que tu es prête à te séparer d'Henri ?

Elle prend un air abattu.

— Je n'ai pas le choix, hein ?

— Je le crains.

— J'ai honte, Lucie. Je n'ai pensé qu'à m'amuser, je ne voyais que mon plaisir... Oh, là là ! je vais aller tout droit en enfer !

Je prends son visage entre mes mains et la regarde bien au fond des yeux.

— Certainement pas. Écoute-moi bien, Martha : c'est lui qui ira en enfer. C'est lui le méchant, toi tu es sa victime.

Les vacances de la Toussaint ont débuté et je garde souvent Hyppolite. Aujourd'hui, il pleut à verse et je passe l'après-midi chez lui. Alors qu'il a insisté pour me faire découvrir son film préféré, *Les Aristochats*, je réfléchis à ma dernière conversation avec Martha. Depuis qu'on s'est vues au Wepler, j'essaie de trouver une solution pour la débarrasser d'Henri. Mais tout tourne en boucle dans ma tête et je n'ai aucune idée valable. À part le meurtre. Puis le découpage du corps en petits morceaux, suivi par leur distribution progressive dans les poubelles du quartier, ou dans le canal, tard dans la nuit. Mais je ne veux pas finir mes jours en prison à cause de ce gigolo.

Hyppolite, assis à côté de moi sur le canapé du salon, tourne régulièrement la tête pour voir si je suis bien l'action et si je ris aux mêmes moments que lui.

— Tu vas voir, regarde bien, me dit-il à chaque fois avant de m'expliquer en détail tout ce qui va se passer.

Charmant, ce film. Je n'ai aucun souvenir de l'avoir vu un jour avec mes enfants, mais passons. En tout cas, j'ai tout de suite identifié Henri à Edgar, le majordome qui décide de se débarrasser de Duchesse et des chatons pour toucher l'héritage de Madame. Moi je serais plutôt Roquefort, la petite souris qui tente de les sauver. Et j'y parviens ! Avec Froufrou la jument, qui pourrait être Évelyne quand elle est en forme. Sans vouloir gâcher le suspense, elles réussissent à enfermer Edgar dans une malle et à l'envoyer à Tombouctou. Ah, si seulement c'était si simple ! En tout cas, Walt Disney serait assez d'accord avec Aimée : les plus aptes à sauver les personnes en détresse, ce sont les copines !

Et là, j'ai une illumination. Ça y est, j'ai trouvé !

26

— Allô, Martha ? C'est Lucie. Henri est avec toi ?
— Non, il revient dans une heure.
— Est-ce que tu sais où il range son passeport ?
— Oui mais...
— Écoute-moi bien : va le chercher, photographie chaque page et remets-le à sa place. Ensuite, fais ta valise pour une dizaine de jours et file chez Évelyne.
— Mais...
— Tu veux qu'on te libère d'Henri ? Alors fais ce que je te dis. Surtout ne le préviens pas. S'il t'appelle, ne réponds surtout pas !
— Mais enfin, Lucie, qu'est-ce que...
— On se retrouve chez Évelyne dans une petite heure. Je t'expliquerai tout là-bas. Bises.

Et je raccroche. Pour téléphoner à Évelyne.

— Prépare-toi, Martha vient chez toi pour la semaine. On arrive d'ici une heure.
— Qu'est-ce qui se passe ?
— On va la débarrasser d'Henri.

— Oh, formidable ! crie-t-elle.

— À tout de suite !

Mon idée est purement géniale. Et en plus, Martha et Évelyne vont pouvoir veiller l'une sur l'autre pendant ces quelques jours si particuliers. Je suis la meilleure !

— Alors voilà, dis-je, tandis que nous sommes toutes les trois installées dans le salon d'Évelyne. On va envoyer Henri au Kenya !

— Et nous, alors ? demande Évelyne. On n'est pas invitées ?

Martha nous regarde l'une après l'autre, consternée.

— Qu'est-ce qui vous arrive ? Enfin, ma pauvre Lucie, tu ne vas pas t'y mettre, toi aussi ?

— Ben quoi ? demande Évelyne.

— Je suis sérieuse ! dis-je. J'ai eu une idée fabuleuse ! Pour commencer, on part à l'aéroport, et dans le boucan des haut-parleurs, Martha, tu l'appelles et tu lui récites le petit discours que je t'ai écrit. Tiens, lis.

Je laisse une minute à Martha pour qu'elle déchiffre les lignes que j'ai mis des heures à écrire.

Elle lève les yeux vers moi, effarée.

— Mais pourquoi je dois partir au Kenya, moi ?

— Mais non, pas toi, tu le lui fais croire !

— Je ne serai jamais capable de faire ça !

— Faire quoi ? demande Évelyne.

— Roooh. Tant pis, je me ferai passer pour toi. Avec ton accent que j'ai imité pendant toute mon adolescence, ça devrait passer. Venez, on y va.

— Vous m'expliquez ? Sinon je refuse de vous suivre, déclare Évelyne, exaspérée.

— Viens avec nous, tu liras le papier dans le taxi.

Elle hésite. Un instant, je la sens prête à nous faire un nouveau caprice. Franchement, ce n'est pas le moment.

— Je t'assure, je vais tout t'expliquer. Tu vas comprendre, dis-je, parce qu'il faut toujours garder espoir.

Évelyne pique un gros fou rire lorsque je lui détaille mon plan dans le taxi, à voix très basse afin que le chauffeur ne me dénonce pas à la police. Martha, elle, semble affolée et anxieuse, mais elle est en permanence dans cet état depuis quelque temps.

Arrivées à l'aéroport, nous demandons au conducteur de nous attendre cinq minutes et nous nous engouffrons dans le premier hall venu. Je demande à Martha de me prêter son portable. Je me racle la gorge, fais une première puis une seconde répétition, copiant du mieux que je peux la voix douce et chantante de Martha. Celle-ci finit par rire aux larmes avec Évelyne.

— Quand je pense que tu me rendais dingue, quand on était jeunes, toujours à m'imiter pour te moquer de moi ! dit Martha. Si j'avais su qu'un jour tu t'en servirais pour ça !

— Bon, j'y vais. Vous êtes prêtes ? Allez, je lance l'appel.

Nouveau raclement de gorge. J'inspire. Ça sonne. Henri décroche.

— Allô, mon chéri, devine d'où je t'appelle !

À cet instant, quelques notes puis une annonce pour un vol long courrier résonnent autour de nous.

— Qu'est-ce que tu fiches dans un aéroport ? rugit Henri, ce qui me déstabilise une petite seconde.

Vraiment ? C'est comme ça qu'il traite Martha ? Si j'avais pu l'envoyer directement en enfer... Je me reconcentre sur ma mission et poursuis :

— Surprise ! Toi et moi, on part au Kenya !

— Qu'est-ce que tu racontes ?

J'émets un petit rire ravi, comme si Henri m'avait glissé des mots doux à l'oreille au lieu de me bousculer. Et je reprends mon texte.

— Je sais que tu es fatigué, que tu as besoin de soleil et de vraies vacances. Tu travailles tellement, mon chéri. (Celle-là, je viens de l'improviser, je suis totalement prise dans mon rôle.) Alors voilà, écoute-moi bien : je pars tout à l'heure pour Nairobi, et de là j'organise la suite de notre voyage, un séjour dans un hôtel de rêve en pleine savane. On va faire un safari !

— Un safari ?

— Absolument ! Alors je vais t'envoyer les billets et tu me rejoins dimanche prochain, dans dix jours. On sera le 4 décembre. Comme ça tu as le temps de préparer ton départ, de vérifier tes vaccins et tout et tout.

— Mais... Tu ne me demandes pas si je peux partir comme ça, du jour au lendemain ?

— Deux semaines dans un hôtel de luxe pour un safari au Kenya ? Il faut vraiment que tu réfléchisses ? En tout cas, moi, je t'attends à Nairobi. Je vais te trouver de magnifiques tenues de brousse, qu'en dis-tu ?

Il soupire. Je n'y crois pas ! Il fait semblant d'hésiter. Quel comédien !

— Bon, d'accord, finit-il par lâcher. Si ça te fait tellement plaisir... Alors en lin ou en coton bio, les vêtements, il fait très chaud et humide, là-bas.

— Bien sûr, mon chéri, je m'en occupe. Le 4, je viens te chercher à l'aéroport et on part dans la savane ! Surtout, voyage léger, au maximum ta brosse à dents et quelques sous-vêtements, parce que je t'achète tout sur place ! J'ai envie de te gâter... Ça va être merveilleux !

— Tu me réserves un taxi sur ton compte, alors, pour l'aéroport.

Furieuse, je me retourne vers Martha. Elle l'a vraiment laissé aller jusque-là ? Mais notre conversation n'étant pas sur haut-parleur, elle n'a pas entendu Henri l'humilier et l'exploiter un peu plus.

— Je dois embarquer ! Ciao ! Rendez-vous au Kenya !

Je raccroche et me sens soudain épuisée, les jambes flageolantes. Épuisée, certes, mais heureuse et victorieuse.

Martha fond en larmes et s'accroche à mon cou.

— Je suis une ignoble créature, une horrible menteuse, une abominable pécheresse ! s'écrie-t-elle, bouleversée.

— Pas du tout ! Tu n'as rien fait, c'est moi qui suis l'instigatrice de toute cette affaire, dis-je en lui tapotant la tête.

Même si elle aurait au moins pu me féliciter et me remercier pour tout ce que je viens de faire pour elle.

— Évelyne, je te confie Martha une minute, je dois passer un coup de fil.

Je me dégage de Martha et la guide jusqu'à Évelyne, à laquelle elle s'accroche à son tour, tel un bébé koala avec sa maman.

Avant de partir, j'ai mis Aimée dans la combine en lui spécifiant que je la préviendrais quand nous quitterions l'aéroport. On va avoir besoin de son ordinateur et de son savoir-faire. Je m'éloigne de mes amies et appelle ma chère gardienne pour l'avertir de notre arrivée. Puis je retrouve Martha et Évelyne, la première sanglotant toujours dans les bras de la seconde, qui me fixe, impuissante.

— On y va, je vous emmène chez moi, dis-je.

Une fois que nous sommes installées dans le taxi, j'indique mon adresse dans le 19e au chauffeur. Mes copines m'interrogent du regard.

— Je crois que c'est l'heure de vérité. Les filles, je dois vous faire un aveu : je suis ruinée. Mes enfants m'ont déshéritée et ne m'adressent plus la parole, Émile m'a laissé plein de dettes et je ne vis pas du tout dans le 16e près de ma fille, mais toute seule dans le 19e. Et là, on va chez ma copine, Aimée, la gardienne de l'immeuble. Voilà, vous savez tout.

J'ai parlé très vite, comme si mes révélations allaient mieux passer ainsi et être aussitôt oubliées. Ça ne passe pas si bien, elles ont l'air très secouées.

— C'est vrai ? Ce n'est pas une blague ? demande Évelyne.

— Oh, ma pauvre ! s'écrie Martha avant de se remettre à pleurer.

— Mais ça va, je vous assure. Tout va bien.

Aimée nous accueille dans sa petite loge, où nous nous serrons toutes les trois. Elle nous fait asseoir et nous offre à boire. Martha et Évelyne, ébahies, regardent autour d'elles cet endroit coquet mais minuscule. Elles n'ont jamais dû voir de toute leur vie un appartement qui tient en une seule pièce !

— L'ordinateur est prêt. Lucie, si vous voulez bien venir, me dit-elle, assise à sa petite table de cuisine.

— Martha, donne-moi ton téléphone, avec les photos du passeport d'Henri, et si ça ne te dérange pas, ta carte bleue. On va lui faire son visa et lui acheter ses billets.

Martha, sonnée, s'exécute sans broncher et je rejoins Aimée.

— S'il vous plaît, assurez-vous que ses billets ne soient ni échangeables ni remboursables.

Aimée s'occupe de tout avec dextérité, puis j'appelle Martha.

— On va avoir besoin de ton adresse mail et de la sienne, lui dis-je.

— Vous lui prenez un retour ? demande-t-elle, inquiète.

— On est obligées, mais quand il sera à Nairobi, on l'annulera, dis-je en jubilant. Tu l'imagines, avec ses trois slips et sa brosse à dents, tout seul dans les rues de Nairobi ? Sans un sou et sans billet de retour ? Crois-moi, il n'est pas près de revenir t'embêter, Martha !

— Ohhhh ! c'est tellement cruel !

— Et terriblement diabolique ! je m'écrie, au bord de l'hystérie.

Décembre

27

Je suis sous ma couette, plongée dans un roman palpitant. Le beau Tobias, furieux, pénètre dans les appartements d'Ophélia qui lui a fait un sale coup. Du moins c'est ce qu'on lui a fait croire... Parce qu'en réalité elle est très gentille, la petite Ophélia, mais sa beauté lui crée de nombreuses ennemies. Et là, elle allait prendre son bain et... On sonne à l'interphone. Je sursaute dans mon lit, ramenée brutalement à la réalité de ce monde. Froid et sans couleurs.

— Martha ?

— Tu m'ouvres, oui ?

L'ascenseur monte pour s'arrêter au premier. Des bruits de coups contre la porte, et Martha sort de la cabine en tirant sa grosse valise.

— Mathilde m'a mise à la porte en me demandant d'aller m'installer chez toi, explique-t-elle. Je lui avais raconté que mon appartement était en travaux, tu penses bien !

Pauvre Martha. Si même elle se met à mentir, on est où ? comme dirait Kylie.

— Entre, entre. Mais pourquoi Mathilde a fait ça ?

— Elle a parlé de problèmes familiaux à résoudre et elle a promis qu'elle t'appellerait pour t'expliquer.

— Qu'est-ce que ça veut dire ? Je crains le pire. Comment Évelyne a réagi ?

— Franchement ? Elle est de plus en plus absente. Elle n'a montré aucune émotion quand je suis partie. C'est tellement triste.

— Je vais appeler Mathilde tout de suite.

Je tombe sur la messagerie et lui demande de me rappeler au plus vite.

En conduisant Martha dans la chambre d'amis pour qu'elle dépose ses bagages, j'ai un choc : elle est vide ! Comment ai-je pu oublier ? Bien sûr, je n'ai plus de meubles, et je n'ai jamais rien pu acheter pour fournir cette pièce.

Martha me sourit.

— J'ai pris la liberté de commander en urgence quelques babioles indispensables. On ne va pas tarder à me livrer. Ça ne te dérange pas ?

Les heures s'égrènent, Mathilde ne rappelle pas. Le téléphone d'Évelyne est aussi sur messagerie. Pour passer le temps, malgré le froid, j'emmène Martha faire le tour des Buttes-Chaumont, qu'elle découvre avec ravissement. En sortant, on observe la belle façade de la mairie, déjà recouverte de milliers d'ampoules de Noël. Enfin, nous rentrons pour recevoir sa commande.

— Quelques babioles, hein ? dis-je, alors que des livreurs vont et viennent dans l'escalier.

— Je n'allais pas dormir par terre sur une vieille couverture et laisser mes habits dans ma valise !

— Les lampes, les commodes, la table basse, le tapis, c'est aussi pour ton confort ?

Martha me sourit et ma gorge se serre.

— Merci, dis-je en la prenant dans mes bras. Par contre, le lit à baldaquin, c'est un peu trop...

Le lendemain, 4 décembre, en fin de matinée, nous descendons chez Aimée. Elle allume son ordinateur et nous restons debout, Martha et moi, à ses côtés. Elle pianote un bon moment puis se tourne vers nous.

— Ça y est, l'avion a décollé.

Nous poussons des cris de joie et de soulagement.

— OK. Et maintenant, si vous voulez bien, on annule le billet de retour, dis-je.

Aimée se tourne vers Martha qui hoche la tête, yeux baissés.

La sentence est tombée ! Aimée tape frénétiquement sur son clavier.

— Voilà, dit-elle quelques instants plus tard. C'est terminé.

Martha prend une profonde inspiration.

— Je suis libre ! s'écrie-t-elle. C'est comme si un poids énorme venait d'être retiré de ma poitrine. Oh, merci à vous deux !

— C'est Lucie qu'il faut remercier, moi je n'ai fait qu'exécuter les ordres, répond Aimée, hilare.

— Pour fêter ça, je vous invite au restau ! annonce Martha. C'est vous qui décidez du lieu.

Nous débarquons au Napoléon III et nous installons côté rue, avec vue sur le parc. Le restaurant est bondé et bruyant, mais il y fait bon et je me laisse engourdir par le champagne que Martha a commandé. Dehors, le vent souffle, les arbres des Buttes-Chaumont agitent leurs branches nues, et moi, bien à l'abri, je pense à Henri. Il doit avoir sacrément chaud aux fesses, à l'heure qu'il est !

Martha et moi passons l'après-midi dans mon salon, qui a enfin une table basse et des lampes. Je lui ai laissé ma bergère, qu'elle trouve très confortable, et me suis assise en face d'elle sur le petit sofa. Depuis son séjour sur le palier, le pauvre a les pieds zébrés de griffures de chats et le tissu auréolé de grosses taches de gras (les goûters d'Hyppolite).

Nous évoquons notre jeunesse passée, puis la crise que nous venons de traverser toutes les trois, et qui a changé nos vies. Martha, elle, va pouvoir reprendre le cours de son existence, mais pour Évelyne et moi, c'est une autre histoire.

— Ceci dit, tu sais, je l'aime bien, ma vie de maintenant. Je me suis habituée, j'ai rencontré des gens incroyables que je n'aurais jamais croisés dans notre 17e.

— N'empêche. C'est terrible, ce qui t'est arrivé. Et j'ai de la peine en pensant que tu ne nous as rien dit. À nous, tes amies de toujours.

— Justement. Parce que c'était vous. J'avais tellement honte… Et l'impression, aussi, que toute mon existence n'était qu'un mensonge et que je m'aveuglais depuis des années. Les dettes d'Émile, la dureté de mes enfants, je ne voulais rien voir.

— Tout de même… Bon, la bonne nouvelle, c'est que mon fils a pris les choses en main. Il est venu me voir et… Pourquoi tu fais cette tête ?

Je ne peux pas m'empêcher de sourire.

— Ah, c'est toi qui l'as prévenu, c'est ça ?

— Moi et Évelyne.

— Mouais. Alors il faut encore que je te remercie. En ce moment, Frédéric est en train de se démener pour récupérer mes œuvres d'art, ainsi que l'argent qu'a pris le soi-disant expert. Enfin, là, c'est plus compliqué, je l'ai payé volontairement. Mais c'est en bonne voie.

— Je suis soulagée pour toi.

— Oui, mais voilà où je voulais en venir. Lucie, tu es dans le rouge jusqu'à quel point ?

Tout d'un coup, je sens mon visage s'empourprer. Encore ce sentiment de honte.

— Ce n'est pas ta faute, arrête ! dit Martha. Alors, combien dois-tu à ta banque ?

— Et à tous mes créanciers ? Environ vingt mille euros.

— Lucie, écoute-moi bien. Comme tu me l'as rappelé l'autre jour, j'ai la chance d'être assez fortunée. Mais sans toi j'allais tout perdre. Tu m'as sauvée de la faillite. Tu m'as sauvé la vie, même. Imagine si Henri était resté avec moi ? Il m'aurait détruite, pas vrai ?

— Oui, et alors ?

— Alors je te dois tout. Et vingt mille euros, ce n'est pas cher payé pour ma... Comment dirais-je ? Ma femme de main ? Plus que ça, en fait, parce que ton plan était digne d'un grand stratège !

— N'exagérons rien, dis-je, flattée.

— Alors, ne dis rien et accepte, je rembourse ta dette. N'en parlons plus.

C'est à mon tour de me jeter au cou de mon amie de toujours pour la remercier.

— Qu'est-ce qu'on deviendrait, les unes sans les autres ? dis-je, émue.

Et c'est là que je pense à Évelyne.

— Dis donc, on fait quoi, pour Évelyne ?

— Appelle sa fille une dernière fois. Si elle ne décroche pas, on va chez elle.

Comme je m'en doutais, ni Mathilde ni Évelyne ne répondent. Nous sautons dans un taxi et filons chez Évelyne. Pour trouver porte close. Nous sonnons, tambourinons, appelons. Rien. Personne.

En sortant de l'ascenseur, nous tombons sur le gardien.

— Elle est partie, votre amie.

— Partie où ?

— Définitivement.

— Elle est morte ? s'écrie Martha en portant les mains sur son cœur.

Le mien s'est arrêté de battre.

— Non, non, elle a déménagé. Sa fille l'a emmenée, elle a vidé l'appartement.

— Elle l'a emmenée où ?

— Aucune idée. Comment ça se fait que vous ne le sachiez pas ?

Martha et moi nous regardons, désorientées.

28

Martha est retournée chez elle. Elle a fait changer les serrures, au cas où notre voyageur parviendrait à revenir. En attendant, c'est Évelyne qui nous préoccupe. Ni elle ni Mathilde ne nous ont contactées… jusqu'à ce matin où, enfin, alors que je suis avec Hyppolite aux Buttes-Chaumont, Mathilde m'appelle.

Je fais un signe à Hyppolite qui joue à chat avec des copains et m'installe un peu à l'écart sur un banc. Je sens qu'il vaut mieux que je sois assise pour entendre ce que va m'annoncer Mathilde.

— D'après le médecin, elle ne pouvait plus rester seule, m'explique-t-elle, la voix bouleversée. On a dû organiser un placement en urgence dans une maison spécialisée. Parce qu'elle mettait sa vie en danger, tu comprends ?

— À ce point-là ? Tu es sûre ? dis-je en essuyant une petite larme qui s'échappe du coin de mon œil.

— C'est l'avis du spécialiste, Lucie. Et je n'avais pas envie de tenter l'expérience pour infirmer ou confirmer son diagnostic. Imagine s'il lui était arrivé un truc grave ? Je m'en serais voulu jusqu'à la fin de mes jours.

— Oui, je comprends. Tu peux me donner l'adresse pour qu'on aille la voir ?

— Je te l'envoie par texto. Ça lui fera plaisir d'avoir de la visite. Tu préviens Martha ?

— Bien sûr. On ira ensemble.

— Merci pour tout. Je ne voulais pas voir la réalité en face, et tu m'as poussée à le faire.

Je me demande si j'ai bien fait…

Tandis que je dépose Hyppolite chez lui et sors ma clé pour rentrer chez moi, j'entends des pas dans l'escalier, puis aperçois la truffe de Gordon, qui s'arrête pour me faire la fête, suivi par Guy.

— Lucie ! Vous avez une minute ?

— Entrez, dis-je à regret en jetant un œil dégoûté sur Gordon.

— Mon Gordon, tu gardes la porte, ordonne Guy.

Tout joyeux d'avoir une mission, le chien s'assoit devant le battant et le fixe, totalement immobile, prêt à sauter sur le premier intrus qui tenterait d'entrer.

— Je lui ai appris ça, pour quand on est en visite chez quelqu'un.

— Très bonne initiative, Guy.

Je l'emmène dans la cuisine.

— Un café ?

— Non, merci, je ne vous dérange pas longtemps. Je voulais vous tenir au courant de mes recherches, pour Medhi et mon grand-père.

— Ah, oui !

Avec tout ce qui s'est passé ces dernières semaines, j'avais complètement oublié les histoires de famille du pauvre Guy.

— Alors, vous avez découvert quelque chose ?

En contemplant son expression à la Gordon, j'en doute.

— Rien du tout.

— Et votre petit frère ? Vous ne voulez pas le contacter ? Si, comme vous le dites, c'était le chouchou de vos parents, il sait peut-être des choses.

Guy réfléchit un instant. Il a l'air contrarié.

— Je crois que c'est au-dessus de mes forces. De toute façon, je doute qu'il sache quoi que ce soit, il ne s'intéresse qu'à sa réussite et à sa famille de parvenus.

— Son succès n'a pas l'air de vous faire plaisir...

— Les dernières fois qu'on s'est vus, il était tellement méprisant, il voulait me montrer à quel point j'étais minable et lui plein aux as et tellement cool.

— Vous avez raison, pas la peine de se faire souffrir inutilement.

— Mais j'ai fouillé tous les cartons, tous les dossiers, je suis allé à la mairie... Rien, je n'ai aucune trace ni de mon grand-père ni de Medhi. Vous croyez que je devrais aller en Russie et en Algérie ?

— Vous aimez voyager, vous ? je demande, dubitative.

— Pas du tout, mais...

— Alors laissez tomber. Et puis laissez tomber aussi votre grand-père, il doit être mort depuis belle lurette. Qu'est-ce que ça peut faire, que vous sachiez quand et où ça s'est produit ? C'est comme votre histoire de jouets et de calendrier, tout ça c'est anecdotique par rapport à votre histoire de demi-frère. Ce sont sûrement des gosses de l'immeuble qui s'amusaient en cachette, c'est bête comme chou. Si vous voulez mon conseil : arrêtez de vous encombrer de choses inutiles et concentrez-vous sur Medhi, remontez sa piste, ça, ça vaut le coup. Vous vous rendez compte, si vous le retrouviez ? J'ai l'impression que vous n'avez plus beaucoup de famille autour de vous, alors peut-être que ce sera une heureuse rencontre, vous ne croyez pas ? Moi, je pense que ça pourrait vous faire du bien.

— Mais je fais comment ?

— Internet ! Vous avez son nom, son prénom, sa date de naissance, vous devriez trouver quelque chose.

— J'ai déjà regardé, figurez-vous. Des Medhi Lefort, il n'y en a nulle part dans le monde.

— Et s'il avait pris le nom de sa mère ?

Guy se fige brusquement.

— Alors ? dis-je.

— Merde, je n'y avais pas pensé !

Mon téléphone sonne. C'est Kylie. Qui me hurle dans les oreilles.

— Lucie, le bébé arrive !

Guy se lève. Il a entendu la voix perçante de Kylie et sourit faiblement.

— Je vous laisse, chuchote-t-il. Bon courage !

La porte d'entrée se referme tandis que Kylie continue de crier.

— Je suis dans une ambulance ! J'ai des saloperies de contractions et elles sont de plus en plus rapprochées. Je suis dans le mal, Lucie, c'est horrible !

— Oui, c'est normal, respirez comme on vous l'a appris. Essayez de vous calmer.

— Mais je peux pas ! S'il vous plaît, venez à l'hôpital avec Aimée, je veux pas être toute seule. J'ai la trouille, j'ai besoin de vous !

— D'accord, ne vous inquiétez pas, ma petite Kylie, on arrive.

J'attrape mon sac, mon manteau et me précipite chez Aimée.

— Kylie accouche, dis-je, essoufflée par ma course dans l'escalier. Vite ! Elle nous attend !

— Je travaille, moi ! me répond-elle.

— Mais comment on va faire ?

— Vous y allez toute seule et tout va bien se passer ! De toute façon, on ne peut pas être à deux dans la salle de travail.

— La salle de travail ? Vous êtes folle ! Je ne vais pas aller lui tenir la main pendant qu'elle accouche, quand même !

— Vous ferez ça très bien. Vous n'avez pas le choix, vous êtes la personne la plus proche de Kylie.

— Mais pas du tout !

— C'est vous qu'elle a appelée, non ?

Elle a raison. Cette petite n'a ni mari ni parents. À cet instant de sa vie, elle n'a que moi.

— Vous serez formidable, Lucie, vous verrez. Allez, filez, Kylie a besoin de vous.

Pourquoi moi ? dis-je en geignant, pendant que je prends le chemin de l'hôpital Robert-Debré.

— Allô, Martha ? Devine, Kylie a accouché ! J'étais là ! Avec elle ! Je suis toute chamboulée. Tu verrais sa fille, comme elle est belle ! Je ne suis pas sûre d'avoir été d'une grande aide, j'ai pleuré d'émotion tout le temps.

J'ai prévenu Aimée qui est en route, mais j'ai envie d'appeler la terre entière pour raconter ce que je viens de vivre, et la joie que j'éprouve à contempler ce minuscule bébé que j'aime déjà tellement. Et puis soudain, j'ai un pincement au cœur. Je ne pourrai pas téléphoner à Évelyne pour le lui dire.

Martha rit et me félicite, me pose les questions d'usage sur la taille et le poids, me demande pourquoi je ne lui ai pas déjà envoyé des photos, puis elle me dit :

— Je te passe quelqu'un.

J'entends des chuchotements, l'appareil qui change de mains puis :

— Lucie ? C'est toi ?

— Évelyne ?

— Alors, tu viens nous voir quand ?

— Hein ?

— Hein ? Quoi ? Qu'est-ce que tu dis ? crie Évelyne, qui s'énerve.

Martha lui murmure des paroles d'apaisement et reprend le téléphone.

— Je voulais te faire la surprise ! Je me suis arrangée avec Mathilde : au lieu de payer une maison spécialisée hors de prix, pour le moment et tant que c'est possible, Mathilde paie une auxiliaire de vie qui s'occupe en permanence d'Évelyne ici. Jana est revenue aussi, on forme une sacrée équipe !

— Oh, Martha…

— Ne dis rien. Occupe-toi de Kylie et on attend ta visite dès que tu peux. Allez, bises !

Aimée, qui vient d'arriver, me retrouve dans la salle d'attente, bouleversée par toutes les émotions qui me traversent. Mon pauvre cœur est mis à rude épreuve, aujourd'hui. C'est la journée la plus incroyable de toute ma vie !

Noël

Épilogue

Je suis passée à la bibliothèque pour prendre de nouvelles romances et des livres pratiques sur les bébés. J'essaie de me remettre à la page pour aider Kylie. Elle est si seule. Eddie n'a pas donné signe de vie. Ou plutôt Kylie ne lui a pas encore annoncé la naissance de Luz. Mais Aimée et moi, on ne la lâche pas et je sais que bientôt, elle l'appellera. Et alors, qui sait ?

Quoi qu'il en soit, et heureusement, Kylie a obtenu une place en crèche. Et je me suis proposée pour aller chercher la petite les jours où elle aurait un empêchement. Du coup, je révise. Il faut que je sois opérationnelle !

Côté romance, aujourd'hui, j'ai décidé de retourner aux fondamentaux : ça fait longtemps que je n'ai pas lu Danielle Steel. Mince ! Il y a un homme qui se tient pile devant le rayonnage où sont rangés ses livres. Qu'est-ce qu'il fait là ? Je m'approche, hésite à le pousser d'un bon coup de coude, mais ma curiosité est la plus forte : j'essaie de voir le titre qu'il regarde. *Conte de fées !* Oh, là là ! j'avais adoré !

— Excellent ! je m'extasie. Si vous aimez les histoires de pauvre petite fille très riche et de méchante belle-mère, n'hésitez pas ! Dans le genre « passion et trahison au château »... Vous voyez ce que je veux dire ?

L'homme sursaute et se tourne vers moi, rouge de confusion.

— Oh, ce n'est pas pour moi, c'est pour...

Un grand blanc.

— Ah bon ? dis-je, déçue. C'est pour votre femme, alors ?

Je l'observe d'un peu plus près. Un visage un peu rond mais agréable à regarder, un air timide et gentil. Là, il fixe ses pieds.

— Je suis veuf. En fait, c'est pour moi. Mais c'est assez embarrassant.

Sous son bras, un livre de Platon et le tome 1 des *Œuvres complètes* de Shakespeare.

— Je vois que vous avez aussi des goûts très classiques, dis-je en désignant les deux volumes.

Il devient écarlate et je pouffe de rire.

— Je ne sais pas pour ces deux-là, mais je vous conseille vivement ce roman. Bonne journée, monsieur !

— Je m'appelle Christian. Et vous ?

De retour dans l'immeuble, je toque chez Aimée. Sa petite loge baigne dans une lumière douce et colorée provenant de guirlandes lumineuses qu'elle a accrochées un peu partout. Dans un coin, un sapin minuscule outrageusement décoré clignote.

Kylie est là, avec Luz, ainsi qu'Hyppolite, son grand fan. La petite n'a que dix jours, mais elle s'est déjà imposée parmi nous et nous sommes tous fous d'elle. Je me penche au-dessus de son couffin pour l'admirer. Ses yeux sont ouverts et elle s'agite en émettant de tout petits bruits. Elle est si belle, si minuscule. Elle me fait penser à une miniature parfaite, avec son beau petit crâne bien rond, ses mains fines aux doigts presque translucides. Elle n'a pas de grosses joues comme la plupart des bébés, mais un visage triangulaire, une bouche en bouton de rose, un petit bout de nez et une masse de cheveux noirs.

— Luz, c'est moi ! Tatie Lucie, hou hou !

Elle m'ignore totalement. Aimée s'approche à son tour.

— Elle est trop mignonne ! s'extasie-t-elle en joignant les mains. Hein ma petite merveille ? Hein ? Regarde tatie Aimée ! Coucou ! dit-elle en agitant la main.

Ridicule !

La petite contemple ses menottes, indifférente à notre démonstration d'affection. Puis elle tourne la tête de l'autre côté du couffin et tend les bras. Hyppolite se tient dans son champ de vision, muet, un grand sourire aux lèvres. Luz le fixe un long moment, leurs deux regards s'accrochent.

— C'est grâce à mon charme, déclare-t-il fièrement.

Mon journal

Aujourd'hui, c'est elle qui est venue pour apporter le dîner. Elle est tellement méchante, c'est une vraie sorcière. Elle m'aime pas, pourtant je lui ai rien fait. Elle me connaît même pas. Alors pourquoi elle me déteste ? Elle me traite de plein de noms que je connais pas mais qui ont l'air très méchants. Ça fait très mal. Elle dit aussi qu'on est des sales étrangers. Qu'on sert à rien, rien qu'à l'embêter. Eh ben tant mieux si on l'embête. Après, quand elle part, je pleure longtemps. J'ai l'impression d'être rien. Personne ne m'aime. Après, quand j'arrête de pleurer, je demande si on peut jouer tous les deux et ça va mieux. Mais au fond de moi, c'est comme si c'était cassé.

Remerciements

Je tiens à remercier celles et ceux qui ont accepté de m'aider à pourrir la vie de Lucie :

Julie Tahon, notaire.

Thierry Mazalaigue, huissier de justice.

Et deux personnes à qui je dois beaucoup et qui se reconnaîtront.

Je veux exprimer toute ma gratitude à la toujours formidable équipe des Escales : Sarah et Marguerite, directrices de choc, Ambre, éditrice que tout auteur aimerait avoir, les si efficaces, drôles et adorables Anne et Héloïse, et la super équipe des Palabras.

Enfin, merci à Niamey, genre, pour Kylie : tu as géré de ouf...

Dernières parutions
Les Escales séries

Caroline Kant

L'Immeuble de la rue Cavendish
1. Les Manigances de Margaux
2. Charlotte se cherche

Lynn Messina

Une enquête de Beatrice Hyde-Clare
1. Une insolente curiosité
2. Une scandaleuse supercherie

Pour en savoir plus sur l'actualité des Escales,
vous pouvez consulter notre site Internet
www.lesescales.fr
et nous suivre sur les réseaux sociaux

Editions Les Escales

@LesEscales

@LesEscales

MIXTE
Papier issu de sources responsables
FSC® C003309
FSC
www.fsc.org

L'éditeur de cet ouvrage s'engage dans une démarche de certification FSC® qui contribue à la préservation des forêts pour les générations futures.

Pour en savoir plus :
www.editis.com/engagement-rse/

Achevé d'imprimer en août 2022
par Normandie Roto Impression s.a.s.
N° d'impression : 2203161
Imprimé en France